BIBLIOTHÈQUE HISPANO-AMÉRICAINE

OBJETS PERDUS

DU MÊME AUTEUR

CHEZ LE MÊME ÉDITEUR

Tropique des silences, 2002

La Voyageuse, 2005

La Havane année zéro, 2012

Le Fils du héros, 2017

Karla SUÁREZ

OBJETS PERDUS

Traduit de l'espagnol (Cuba)
par René Solis

Éditions Métailié
20, rue des Grands Augustins, 75006 Paris
www.editions-metailie.com
2025

Titre original : *Objetos perdidos*

ISBN : 979-10-226-1488-7
ISSN : 0291-0154

"Si je pouvais vous dire ce que je ressens, il serait inutile de le danser."

Isadora Duncan

"Il faut l'amour de la danse pour tenir bon. Elle ne vous donne rien en retour, pas de manuscrit à mettre de côté, pas de peinture à montrer sur les murs et à accrocher, peut-être, dans des musées, pas de poème à imprimer et vendre, rien que cet instant unique et fugitif où vous vous sentez vivant."

Merce Cunningham

Mercredi

Il faisait déjà nuit quand nous sommes arrivés à Barcelone. Nous n'avons pas échangé un mot de tout le trajet. J'ai mis la radio au départ de Llançà. Javi a conduit en silence. J'aime la radio parce que, quand ils passent des chansons que je connais, je peux les fredonner, et pour certaines, des souvenirs me reviennent. Parfois ce sont des musiques sur lesquelles j'ai dansé, et là mon corps se réveille. Les corps ont une mémoire, j'ai appris ça il y a longtemps. Mes pieds se remettent alors en mouvement. Il m'arrive même d'esquisser quelques pas et c'est comme si je retournais dans des endroits familiers. Quand je ne connais pas les chansons, j'invente des choses, de nouvelles chorégraphies. Je fixe mon regard n'importe où et c'est ma tête qui s'envole, comme les oiseaux de ma poitrine.

J'ai trois oiseaux tatoués qui s'envolent d'entre mes seins. Je les aime bien. Javi aussi il les aimait bien, mais là il ne voulait plus m'adresser la parole. J'ai passé tout le trajet à regarder par la fenêtre en chantonnant et en jouant à trouver des formes d'animaux dans les rares nuages que l'on voyait.

Au départ, notre plan était de passer quatre jours à Barcelone au retour de la Costa Brava, avant de rentrer à Madrid. Lui devait retrouver un client. Et moi Raviel, mon meilleur ami que je n'avais pas revu depuis qu'il avait quitté Cuba, sept ans plus tôt. Moi, ça faisait plus de deux ans que j'étais à Madrid mais le hasard avait voulu que la seule fois où j'étais allée à Barcelone, avec Javi déjà, Raviel était parti en vacances. C'est pour ça que j'étais tellement émue par cette seconde visite : nous allions enfin nous revoir.

Tu parles. Après ce que j'avais raconté la veille au soir à Javi et la grande dispute qui avait suivi, le séjour à Barcelone était tombé à l'eau. Il était fou de rage. Il a annulé le rendez-vous avec son client et moi j'ai dû annuler les retrouvailles avec mon ami. Javi a d'abord envisagé de faire Llançà-Madrid d'une seule traite, mais nous sommes partis plus tard que prévu, et puis il était très fatigué et moi je ne conduis pas. C'est pour ça qu'on a décidé de s'arrêter à Barcelone, mais juste pour dormir et reprendre la route le lendemain matin de très bonne heure.

Pendant que nous roulions dans les rues qui menaient à l'appartement que Javi avait loué pour cette nuit, je continuais à regarder dehors. La radio passait la chanson d'un groupe espagnol, une histoire de corbeaux qui retournaient au nid et d'un maudit matin meurtrier. La vérité vraie, la chanson m'a beaucoup plu. Mais elle n'arrêtait pas de répéter *toi et moi*, et comme je n'avais pas envie de penser à nous et que je ne connaissais pas les paroles, je me suis fixée sur les corbeaux. Je les ai vus voler au-dessus du trottoir, comme des personnages de dessin animé, et j'ai senti que les oiseaux sur ma poitrine prenaient leur envol, tiraient ma peau et m'entraînaient avec eux. Ensemble nous sommes passés à travers la vitre. Les oiseaux derrière les corbeaux, et moi derrière eux. Où pouvait bien se trouver notre nid ? Je dansais sur la mélodie, sans toucher le trottoir de mes pieds. *Que plus rien ne nous sépare,* disait la chanson, tandis que des corbeaux et des oiseaux tournoyaient autour de mon corps. *Aquelarre. Le sabbat des sorcières.*

À un moment, la voiture a stoppé à un feu rouge. Un type à moto s'est arrêté de mon côté et m'a fait un signe tout en me parlant. *Tes yeux, mes yeux*, disait la chanson. J'ai détourné les miens du trottoir et baissé la vitre. *Toi et moi*, a répété le chanteur avant que Javi n'éteigne la radio. Le type à moto a dit que notre pneu arrière était crevé. Je lui ai dit merci et Javi a crié, non mais c'est pas possible. L'autre a pris un air désolé et quand le feu est passé au vert, il a démarré.

Nous avons traversé le carrefour. Même si ça n'a pas été long, Javi a eu le temps de jurer plusieurs fois parce que le coin de la rue était bloqué par une voiture qui avait les warnings allumés et le coffre ouvert ; un couple était en train d'essayer d'y introduire un énorme poste de télé, d'un modèle ancien. En nous voyant, la femme s'est redressée pour nous crier qu'ils n'en avaient pas pour longtemps, mais nous ne pouvions pas rester au milieu. Javi a dû faire un écart pour se garer, même si c'était en sens interdit.

Nous sommes descendus. L'un des pneus arrière était bel et bien crevé. Javi lui a balancé un coup de pied, avant de se prendre la tête dans les mains et de demander au ciel pourquoi il fallait que ça lui arrive à lui. Je lui ai tapoté l'épaule. Il m'a regardée. Je lui ai demandé de se calmer, il a hoché la tête, mais sans dire un mot.

Les autres ont fini de charger la télé et sont venus voir si nous avions besoin d'aide. Lui s'est accroupi près de Javi pour examiner le pneu. Elle a sorti son portable et m'a proposé de chercher un garage. Il y en a sûrement un près d'ici, elle m'a dit. Sur ce, Javi s'est relevé et a dit que ce n'était pas la peine. C'était une voiture de location, il n'y avait pas de roue de secours. Il fallait appeler le numéro de l'assistance de la compagnie et prier Dieu pour que ça ne soit pas trop long. Il a remercié le couple et eux nous ont souhaité bonne chance.

Je me rappelle clairement qu'en voyant leur voiture s'éloigner, je me suis dit qu'un comportement aimable pouvait vraiment tout changer. Un sourire, une main sur l'épaule, et tout cesse d'être compliqué.

Quand les autres ont tourné au carrefour, j'ai regardé Javi. Il était en train de fouiller dans ses poches en se demandant où il avait bien pu mettre ce foutu papier avec le numéro de l'assistance. J'ai pensé qu'il l'avait peut-être laissé dans la voiture et, sans rien lui dire, je suis allée ouvrir ma portière. Ça, je m'en souviens parfaitement : j'ai ouvert ma portière. Je me suis assise, je me suis mise à chercher, et quand j'ai regardé par terre, je n'ai pas vu mon sac. Durant le trajet, il était resté à mes pieds, et il était encore là quand j'étais descendue.

Le sac en lui-même ne valait pas grand-chose, mais il contenait presque toute ma vie. Je suis descendue complètement paniquée et j'ai trouvé Javi encore en train de fouiller dans ses poches.

– Mon sac n'est plus là, je lui ai dit, mais il était absorbé par sa recherche. On m'a volé mon sac, j'ai insisté.

– Quel sac ?

– Le mien.

– Comment ça on t'a volé ton sac ? Aide-moi plutôt à retrouver ce papier, s'il te plaît.

Ça m'a mise en rage. Je lui ai répété que mon sac n'était plus là, qu'un connard avait profité de la situation pour me le voler. Javi a ouvert de grands yeux puis est allé regarder dans la voiture. Je l'ai suivi. Il a cherché devant, derrière, a dit que ça n'était pas possible, un manque de bol pareil, que j'avais sûrement laissé la portière ouverte.

– Je te dis qu'elle était fermée !

Javi a claqué la sienne, fait le tour de la voiture et s'est approché de moi en marmonnant qu'il ne manquait plus que ça.

– Je vais appeler les renseignements pour qu'ils me donnent le numéro de l'assistance et qu'on puisse repartir d'ici, a-t-il conclu en sortant son portable.

J'ai reculé de quelques pas, sans cesser de le regarder.

– J'en ai rien à foutre de ce numéro, tu comprends pas qu'on m'a volé mon sac ?

Javi n'a pas aimé le ton sur lequel j'ai prononcé cette phrase, je le sais parce qu'il a levé les yeux et m'a lancé un regard mauvais. Mais il avait déjà eu le même genre de regard la veille au soir. Et moi aussi j'étais en colère.

– Et moi, j'en ai rien à foutre de ton sac.

J'ai senti un pincement à la poitrine, juste en dessous de mes oiseaux. Javi me regardait toujours, mais moi, je n'avais plus envie de continuer la discussion.

– Le voleur n'est sûrement pas loin. – C'est tout ce que je suis arrivée à dire avant de lui tourner le dos et de me mettre à courir.

Derrière moi, j'ai entendu Javi crier mon nom, mais je ne me suis pas arrêtée. Pas question. J'ai continué à courir. J'ai tourné au coin de la rue. Sa voix est devenue de plus en plus lointaine, mon nom de moins en moins audible. Je courais en regardant partout autour de moi pour essayer de repérer la personne qui avait embarqué mon sac, alors je me serais mise à crier, je l'aurais bousculée pour lui arracher des mains ce qui m'appartenait. J'avais un espoir, un peu absurde peut-être, mais un espoir quand même. C'est pour ça que j'ai continué à courir.

Avec le recul, je me rends compte que j'étais inconsciemment en train de reproduire une histoire ancienne.

Il y a des années de ça, à Cuba, j'étais partie en vacances avec des amis dans la sierra de l'Escambray. On avait des sacs à dos. La veille de l'excursion, on devait passer la nuit dans un village et, faute de mieux, on s'était installés dans le jardin public. À un moment, je ne sais pas pourquoi, j'ai ouvert les yeux et je me suis rendu compte que mon sac n'était plus à mes pieds. J'ai secoué le camarade endormi à côté de moi et, quand je lui ai dit ce qui se passait, il est parti en courant. Comme un fou. Je lui ai emboîté le pas. Je l'ai suivi dans la rue mal éclairée et on a aperçu au loin mon sac dans le dos d'un corps qui avançait en titubant. Mon ami s'est jeté sur le voleur pour lui arracher mon sac à dos. C'était un ivrogne. Il a failli tomber, mais il est parvenu à garder son équilibre et il nous a dit d'une voix empâtée : je l'ai trouvé. On l'a laissé poursuivre son chemin.

L'ami de cette histoire, c'était Raviel. Le même Raviel qui était ensuite parti vivre à Barcelone. Celui que j'aurais voulu voir mais que je n'allais pas pouvoir voir. Raviel qui en ce moment même faisait je ne sais quoi tandis que, dans la même ville, je courais, je traversais, je tournais au coin des rues, tout en continuant de regarder partout pour essayer de retrouver le voleur qui avait embarqué mon sac.

À un moment, j'ai vu un type sortir d'un immeuble. J'ai décidé de stopper là. J'étais à bout de souffle. J'ai regardé autour de moi. J'avais croisé plein de monde dans ma course, des couples, des gens avec des chiens, un jeune qui parlait en criant dans son téléphone portable. Aucun n'avait mon sac, bien sûr. Au point où j'en étais, il ne me restait plus qu'à aller à la police et ce type était mon seul espoir de trouver mon chemin, vu que je ne connaissais pas Barcelone. La fois d'avant avec Javi, ça avait été un voyage hyper court, une escapade, pour reprendre son expression.

Je me suis approchée du type pour lui demander s'il y avait un commissariat pas loin. Lui aussi a été aimable, autant que le couple à la voiture. Les gens par ici avaient l'air décidément serviables. Il m'a donné des indications précises : je devais marcher jusqu'à tel endroit, tourner là, continuer tout droit. Il m'a expliqué que le quartier où nous nous trouvions était très tranquille, mais qu'il m'envoyait dans un secteur plus agité.

– Faites attention, m'a-t-il dit au moment où je repartais.

J'ai marché très longtemps pour arriver au commissariat. C'était un quartier sombre et plein de gens à moitié bizarres. Et c'était apparemment ce que l'homme qui m'avait renseignée entendait par "plus agité".

Au guichet dans le hall, je me suis trouvée face à deux policiers. L'un avait un téléphone collé contre une oreille, pendant que de l'autre il semblait vouloir écouter la femme qui devant lui n'arrêtait pas de parler. Le deuxième policier a levé les yeux en me voyant approcher et m'a regardée d'un air aimable. J'ai posé les mains sur le comptoir et j'ai pris ma respiration. J'étais agitée, nerveuse. J'ai commencé à lui raconter ce qu'il m'était arrivé. Il m'a écoutée sans m'interrompre. Quand je me suis tue, il a souri de nouveau, mais j'ai cette fois remarqué une certaine compassion dans son expression.

– Ils vous ont piégée, il m'a dit avant de m'expliquer.

Il s'agissait d'une mise en scène. Le type à la moto crève ton pneu au feu rouge et s'arrête à hauteur de ta vitre pour t'avertir du problème. Il s'en va et il passe le relais au couple qui a garé sa voiture au coin de la rue dans le but de t'obliger à t'arrêter sur le seul endroit possible, qui est celui qu'ils ont préparé. Le téléviseur est un élément du décor, il s'agit sans doute seulement de la carcasse. Une fois les victimes descendues de voiture, le couple se charge de détourner leur attention. Lui va examiner le pneu avec l'autre "lui". Elle invente l'histoire du téléphone portable pour que l'autre "elle" baisse les yeux. Tous ont le dos tourné pour qu'entre en scène le troisième homme caché derrière l'arbre près duquel les victimes se sont garées. Ce troisième homme est chargé de voler, le plus rapidement possible, tout ce qu'il trouve à sa portée, généralement des téléphones, des sacs, des GPS, et même des ordinateurs si les victimes ont commis l'erreur de les laisser sur le siège. Son rôle est capital, même si le public ne peut jamais le voir.

– Je suis désolé, a dit le policier pour conclure, c'est tous les jours que nous voyons débarquer un touriste avec la même histoire, il y a des bandes de voleurs spécialisées là-dedans.

Je l'ai regardé pendant quelques secondes sans savoir quoi dire. Il m'a de nouveau adressé son sourire compatissant avant de continuer à parler. Il a dit que je pouvais déposer plainte. Ce n'est pas ça qui ferait réapparaître mon sac, mais cela me servirait au moins pour refaire mes papiers. Heureusement, j'avais laissé chez moi mon certificat de résidence temporaire et n'avais emporté qu'une photocopie. Mais je venais bel et bien de perdre mon passeport, qui même s'il n'était pas expiré, avait besoin d'une mise à jour des autorités cubaines, mais ça je ne le lui ai pas dit. Il a voulu savoir si j'allais faire opposition sur ma carte de crédit. Mais je n'avais pas de carte de crédit. Il m'a demandé alors si je voulais appeler quelqu'un. Et là, je me suis soudain rendu compte que je ne connaissais pas le numéro de Javi par cœur, ni celui de Raviel, ni aucun de ceux des gens que je connaissais à Madrid, même pas à mon travail. Le seul numéro qui m'est revenu, c'est celui de chez mes parents à Cuba. La combinaison de chiffres que j'ai dû composer le plus grand nombre de fois dans ma vie. Le numéro où on m'a appelée et d'où j'ai appelé si souvent. Celui que j'ai dû inscrire sur des centaines de documents et de questionnaires depuis que je l'ai su. Le numéro nombril, le numéro cordon ombilical, le numéro graine. Le numéro qui n'a jamais changé de toute mon existence.

Quand le policier m'a demandé si je me sentais bien, je l'ai regardé et il a dû remarquer un truc bizarre, parce qu'il a tout de suite dit que je ferais mieux de m'asseoir. J'avais besoin de retrouver mon calme. Il allait me chercher un verre d'eau. Il m'a accompagnée jusqu'à une chaise dans le hall et m'a dit de l'attendre.

Il est revenu et j'ai bu l'eau d'un trait. Il a voulu savoir si je me souvenais de l'endroit exact où j'avais laissé mon copain (je lui avais raconté que j'étais avec mon copain). Mais tout ce dont je me souvenais, c'était d'une rue normale, avec des immeubles et des arbres. Et l'adresse de l'endroit où nous devions passer la nuit ? Je ne la connaissais pas. Et l'adresse d'une connaissance à Barcelone ? Non plus.

Le policier a poussé un soupir en me disant de ne pas m'en faire, mon copain allait sûrement venir me chercher. Entre-temps, je n'avais qu'à dresser une liste des choses qu'il y avait dans mon sac, pour le dépôt de plainte. Il a sorti de sa poche un crayon et un carnet dont il a arraché une page. J'ai pris ce qu'il me tendait et j'ai hoché la tête. Il essayait toujours de me consoler. L'important, c'est qu'ils ne m'aient pas fait de mal. Je me suis sentie très bête. Oui, ces voleurs, c'était une plaie, et la police n'y pouvait pas grand-chose. Tout me semblait stupide : m'être mise à courir, ne pas connaître un seul numéro par cœur. Et l'autre de poursuivre : je n'avais pas idée des histoires qu'il voyait tous les jours.

Du monde est entré dans le commissariat. Il m'a dit qu'il avait du travail, qu'il ne fallait pas que je m'inquiète, que je n'avais qu'à profiter de l'attente pour dresser la liste. Il m'a redit que ce n'était pas ça qui me ferait récupérer quoi que ce soit, mais que cela m'aiderait sûrement à me calmer un peu. Il s'est éloigné, et moi j'ai senti un nœud se former dans ma gorge.

Je l'ai vu retourner à son poste de travail pour écouter les nouveaux arrivants avec la même attention dont il avait fait preuve à mon égard. L'autre policier discutait au téléphone. La même femme était toujours devant lui, même si elle ne parlait plus, je les ai regardés un moment et c'est alors que je me suis dit qu'avant de dresser la liste, la première chose à faire était d'examiner le contenu de mes poches pour voir si j'avais sur moi quelque chose qui pourrait m'être utile.

Je me suis mise debout. Je portais un de ces pantalons larges avec des poches sur le devant et sur le côté.

Dans l'une des poches supérieures je n'ai trouvé qu'un mouchoir en papier avec des traces de maquillage. J'ai eu plus de chance avec l'autre. Il y avait l'addition de ce que j'avais mangé avant de quitter Llançà et la monnaie que l'on m'avait rendue : un billet de cinq euros, une pièce de deux, plus soixante-cinq centimes.

La veille au soir, Javi et moi avions eu la grande dispute. C'est pour ça que le lendemain, qui était le dernier jour, nous avions passé la journée chacun de notre côté. Javi était allé déjeuner avec sa famille. Et moi j'étais restée toute la matinée au bord de la mer. J'étais rentrée prendre une douche et ressortie pour aller manger un morceau vite fait dans une des paillotes de la plage et être de retour à l'heure convenue. Ils m'avaient rendu la monnaie et pour ne pas perdre de temps je l'avais mise directement dans mon pantalon où elle était toujours. Ça ne faisait pas beaucoup, mais c'était mieux que rien.

J'ai continué à fouiller dans mes poches. D'un côté, j'ai trouvé un paquet de mouchoirs en papier, un vieux billet pour un spectacle de danse et un minuscule coquillage. Dans l'autre il y avait une petite bosse dont je me suis dit que cela devait être le sac de courses réutilisable. J'en ai plusieurs, de différentes couleurs, de ceux que l'on plie et replie. Javi se moquait de moi en disant qu'à moi toute seule j'allais sauver la planète avec tous ces sacs et ces trucs recyclés, mais ce n'était pas une habitude que j'avais prise en Europe. Pas du tout. À Cuba, je devais être toujours prête parce qu'on ne sait jamais ce qu'on va pouvoir acheter dans la rue et il faut prévoir d'emporter ce qui se présente. Le sac de courses est une arme de survie. Pour le premier monde le recyclage est affaire de conscience ; pour le tiers monde, affaire de nécessité.

J'ai mis la main dans ma poche, certaine d'y trouver le fameux sac de courses, mais j'y ai trouvé autre chose. Rien qu'au toucher, j'ai compris qu'il s'agissait du portefeuille du Français.

Le jour de notre arrivée à Llançà, j'avais trouvé un portefeuille dans le tiroir de la table de nuit de la chambre. Il ne contenait pas d'argent. Seulement des papiers. Grâce à eux, j'ai su qu'il appartenait à un Français. Et à cause d'eux, je me suis mise à penser à des tas d'autres choses. Même si au début, évidemment, je ne pouvais pas imaginer ce qu'il allait arriver.

Au début, il s'agissait seulement d'un objet perdu. Javi et moi, on s'était dit qu'on attendrait d'être à Barcelone pour déposer le portefeuille à l'agence qui louait la maison de la plage, à charge pour eux de le rendre à son propriétaire.

La main encore dans ma poche, j'ai levé la tête. Les policiers étaient toujours très occupés. L'idée de le leur remettre m'a effleurée, mais j'ai tout de suite eu peur. Comment dire ? Venir leur raconter que je m'étais fait voler pour ensuite leur rendre quelque chose que j'avais trouvé, cela pouvait leur sembler suspect. Et s'ils allaient croire que j'avais volé l'argent du portefeuille ? Si je le leur donnais, ils allaient sûrement commencer à me poser des questions et mon explication pourrait leur sembler bizarre. Ils étaient fichus de penser que c'était une histoire à dormir debout. Non, décidément. Il valait mieux ne pas chercher des problèmes. J'en avais déjà plus que mon compte avec ce qu'il venait de m'arriver. Pas un mot sur le portefeuille. S'il était resté dans mon pantalon, il n'avait qu'à y rester.

J'ai retiré la main de ma poche et je me suis rassise. J'ai respiré un grand coup et j'ai baissé la tête pour dresser la liste du contenu de mon sac.

L'appareil avec les photos que j'avais prises à Llançà quand cela allait encore bien avec Javi ; même s'il n'avait rien d'extraordinaire, il faisait de meilleures photos que mon téléphone. Le petit carnet où je notais le jour de mes règles et d'autres détails. La clé de l'appartement où je vivais à Madrid ; y rentrer, ce ne serait pas un problème, mes colocataires avaient la clé, mais il faudrait quand même faire changer la serrure. Le grand foulard avec des rayures de couleur que j'aimais beaucoup. Le livre que Raviel m'avait recommandé ; je l'avais commencé à la plage et j'en étais même pas à la moitié. Mes lunettes de soleil. Un peu de maquillage, un crayon pour les yeux, un rouge à lèvres, et peut-être aussi une crème, je ne savais plus, de la crème solaire en tout cas. Plus toutes ces petites choses que l'on met dans un sac et qui n'ont en fait pas grande importance.

Les seules choses vraiment importantes étaient mon passeport, mon téléphone et mon porte-monnaie. Rien que d'y penser, j'ai senti une énorme tristesse. Pas parce qu'il y avait beaucoup d'argent, pas du tout, il n'y avait presque rien. Le problème, c'étaient mes babioles sentimentales. Depuis des années, je gardais plié dans mon porte-monnaie le dessin qui représentait ma famille, et voilà qu'en plus, je venais d'y mettre aussi mes porte-bonheurs.

J'ai senti comme un nœud dans l'estomac. Ces derniers jours, j'avais beaucoup réfléchi et là tout d'un coup je me suis dit que certains objets, quand ils disparaissent, c'est comme si on disparaissait soi-même, parce qu'ils sont comme des petits bouts de soi.

Par exemple, ma petite valise était restée dans le coffre de la voiture, mais elle ne contenait que des vêtements, rien d'important. Les vêtements, ce n'était pas moi. Ils n'auraient même pas été bons à m'identifier : si on se pointe dans un consulat ou à un guichet quelconque pour y montrer ses vêtements, ou même ses sous-vêtements, cela ne signifie rien. Les vêtements ne parlent pas, sauf si on les envoie dans un labo, ou si, comme on le voit dans les séries télé, on les fait passer dans des appareils sophistiqués. Alors que d'autres objets parlent aussitôt.

Même si mon passeport n'était pas tout à fait en règle, le fait de l'avoir me faisait exister, parce qu'y figuraient mes coordonnées personnelles : une Cubaine qui venait d'avoir trente et un ans, entrée en Europe par la France. Ça c'était moi. Et le téléphone : si je pouvais appeler n'importe lequel des numéros en mémoire et que quelqu'un me reconnaissait à l'autre bout, c'était bien parce que j'existais. Et le dessin de la famille qu'avait fait Clarita pour moi quand elle était petite. Elle devait avoir cinq ou six ans à l'époque. Elle avait dessiné trois bonhommes bâtons avec marqué "Clarita, maman, papa". Et au-dessus la dédicace en grosses lettres : "Pour ma sœur Gisel", avec un cœur à la place du point. C'était sa photo de famille. Je n'étais pas dessinée, parce que j'avais déjà quitté la maison, mais mon nom était bel et bien écrit. Cela me faisait exister.

Durant un bon moment j'ai retourné tout ça dans ma tête et une idée fixe a commencé à surgir. L'idée que les voleurs m'avaient rendue à moitié transparente. Qui remarquerait mon absence ? La Chinoise et le Slovène avec qui je partageais le loyer à Madrid n'allaient pas s'étonner. Ils étaient étudiants et avaient leur propre vie. Je ne les voyais quasiment pas. La vérité vraie, nous étions comme des chauves-souris qui entrent dans la grotte et en sortent quand les autres n'y sont pas. À l'école de danse où je travaillais, personne n'allait non plus s'étonner puisque j'étais encore en vacances. Non, personne n'allait remarquer mon absence. En fait, Javi était le seul à pouvoir confirmer ce qui nous était arrivé et à me faire exister. Et c'était pour ça que j'avais voulu me raccrocher aux paroles du policier : je n'avais qu'à attendre mon copain. Mais une idée terrible m'est alors passée par la tête : et si Javi ne me cherchait pas ?

Je me suis dit qu'à l'heure qu'il était, il devait avoir trouvé le numéro de ce foutu service d'assistance et je l'imaginais assis sur le siège du conducteur en train d'attendre patiemment qu'on vienne lui changer son pneu. Et de penser à moi ? Possible. Pas sûr, il était en colère contre moi. Aurait-il ensuite l'idée de partir à ma recherche ? Impossible d'en être certaine. J'ai senti un pincement à l'estomac et j'ai levé les yeux.

Peu à peu, le commissariat s'était rempli. La femme du début n'était plus là, à sa place il y avait un couple qui avait l'air d'étrangers parlant mal espagnol. Mon policier était debout et bougeait les bras comme pour essayer de calmer une fille à moitié hystérique. Cela ressemblait à une ruche en pleine activité et moi j'étais au milieu. Sans papiers, sans numéro auquel téléphoner, et sans personne pour remarquer mon absence : Javi était le seul à savoir que j'existais. Ça m'a fait terriblement peur.

Je me suis levée. Impossible de rester là. À quoi bon ? Mon sac n'allait pas ressurgir. Il valait mieux que je retourne là où j'avais laissé Javi. J'ai fait un signe au policier, qui ne m'a pas vue, rien à faire, il était bien trop occupé. Et sans plus attendre, je me suis dirigée vers la sortie.

Une fois dehors, j'ai pressé le pas, mais sans courir. J'ai essayé de refaire le chemin en sens inverse. Je me suis éloignée du quartier où se trouvait le commissariat et j'ai pris d'autres rues mais je n'en reconnaissais aucune. Il était assez tard. Les magasins fermés n'ont pas de couleurs. Chaque immeuble ressemblait à la copie du précédent et je n'ai croisé personne à qui demander.

Quand j'en ai eu assez, je me suis assise sur un banc du premier jardin public que j'ai trouvé. J'étais épuisée et je ne savais pas où aller. J'avais tourné comme une fourmi restée seule. Comme quand enfant je tombais sur une fourmi égarée et que je m'amusais à lui couper le passage pour le plaisir de la voir changer de direction, folle, désespérée, tombée dans un piège. Perdue.

Sauf que là, la fourmi, c'était moi. Celle qui s'était encore perdue, c'était moi. Et celle qui était obligée de tout recommencer, c'était moi. Comme toujours. Comme la première fois où je m'étais enfuie de chez moi et que j'avais pris mon envol comme si j'étais l'un des oiseaux sur ma poitrine.

Je viens de Renamagua, un village au centre de Cuba. Un de ces endroits dont presque personne ne parle et dont la plupart ne savent même pas qu'il existe. Quelque part dans la sierra de l'Escambray. Vastes paysages au-dehors, vies étriquées au-dedans. Maman est venue y vivre quand elle s'est mariée avec papa. Ses grands-parents avaient eu quinze enfants, ce qui explique qu'elle a de la famille éparpillée sur toute l'île. Sauf à Renamagua, où elle était seule. Avec papa et moi, bien sûr, et plus tard avec Clarita.

J'ai toujours été une déception pour mes parents.

Du côté de mon père, j'ai deux demi-frères plus âgés que je connais à peine. Maman pense que papa a sûrement d'autres enfants parce que durant très longtemps il a été à Santa Clara pour son travail et que là-bas il avait ses poules, comme elle disait. Mais en fait, d'enfants reconnus, il n'y avait que ces deux-là, qu'il a eus avec des femmes différentes. Quand ils étaient petits, papa ne s'occupait pas du tout d'eux parce qu'ils habitaient Santa Clara, mais comme l'un a fait des études de médecine et l'autre d'ingénieur en je ne sais pas quoi, une fois adultes il s'est mis à leur rendre visite et à leur apporter des choses. À l'époque, j'étais une adolescente. Clarita n'était pas encore née. Cette situation rendait maman folle. Elle disait que ce n'étaient pas les garçons qui intéressaient papa, mais leurs salopes de mères, qui voulaient qu'il leur apporte des légumes, de la viande et des choses qu'on trouvait au village. Mais moi je savais que ce n'était pas vrai. Papa, si ses fils l'intéressaient, c'était parce qu'ils n'étaient pas comme moi, qu'ils avaient fait des études sérieuses et que c'étaient des gens bien, comme il aimait le répéter.

Quant à maman, en dehors de ces deux fils et leurs mères respectives qui lui gâchaient l'existence, je l'ai toujours déçue. Elle disait qu'on avait dû lui jeter un sort pour engendrer une fille comme moi, que je lui avais rendu la vie difficile dès ma venue au monde, parce que ma naissance avait été compliquée. Apparemment son corps a beaucoup souffert pendant que j'essayais de sortir et ça a été si dur que dans sa tête ne sont restés que les coups de fouet venus de l'intérieur, les déchirures. Résultat, maman n'a jamais réussi à me pardonner. Elle n'arrêtait pas de me le seriner : après tout ce qu'elle avait enduré, je ne lui donnais aucune satisfaction, j'étais toujours dans la lune, j'étais mauvaise élève, je faisais mal la vaisselle, je me fichais de tout, et Sainte Vierge qu'est-ce qu'elle avait fait pour mériter ça ? Après, Clarita est venue lui apporter tout le bonheur qu'elle voulait, mais à l'époque elle n'était pas encore née. Il n'y avait que moi. Maman se sentait très malheureuse à cause de moi et papa très mécontent.

Mais ce n'était pas vrai que je me fichais de tout. J'avais un rêve. Un seul, c'est vrai, mais il était grand et c'était le mien.

La seule chose au monde que je voulais, c'était danser.

Enfant, j'adorais voir les gens danser. Certains bougeaient plus, d'autres moins, mais tous étaient sensuels, différents, comme si ces mouvements les transformaient en autre chose. Avec la danse les corps se parlaient. Pas besoin de plus.

Près de chez moi vivait un *babalao*. Chaque fois qu'il y avait un *bembé* et que je commençais à entendre les tambours, je ne tenais plus en place. Comme si une couleuvre s'était glissée dans ma chair, dans mon sang. Comme si cette musique me traversait tout le corps pour me tordre et faire sortir quelque chose de coincé à l'intérieur de moi.

Les premiers mouvements que j'ai imités étaient sur des rythmes afro-cubains. Ensuite j'ai découvert d'autres danses. Un soir, j'ai vu Alicia Alonso dans une émission de télé. C'étaient de vieilles images, bien sûr, mais c'était la première fois que je la voyais danser et j'en suis restée bouche bée. Maman et papa, le ballet ça ne les a jamais intéressés, mais moi j'ai trouvé ça formidable : le tutu qui avait l'air de flotter en l'air ; et cette femme qui flottait aussi, dressée sur la pointe des pieds, se déplaçant comme un compas en train de tracer un cercle. C'était trop joli. Et j'ai alors voulu le faire moi.

J'ai commencé à inventer. Je faisais des pirouettes, je tendais les bras et j'essayais de lever les jambes comme j'avais vu Alicia le faire à la télé. Au début, maman trouvait mes gestes plutôt comiques, mais un jour elle m'a dit qu'il fallait que j'arrête ce petit jeu.

– Les jambes en l'air, ça suffit, merde, tu es une petite fille bien élevée ! – Et elle m'a flanqué une tape sur la tête.

Mais j'ai continué. Quand j'ai appris qu'il y avait un ballet qui s'appelait *Giselle*, j'étais morte de rire et je le lui ai dit. Maman m'avait appelée Gisel comme une de ses amies d'enfance, mais ça se prononçait Jisel, avec le "j" espagnol qui ressemble plus à un *r* qu'à un *j*. Elle ne savait pas que c'était le titre d'un ballet célèbre et que ça se prononce comme avec un *y* : Giselle c'est Yisel. Cela sonnait super élégant : Giselle. Je préférais Giselle. Ce jour-là j'ai décidé que c'était comme ça que je voulais m'appeler, et de fait, il n'y a plus qu'au village qu'on m'appelle toujours Gisel. Pour le reste du monde je suis Giselle.

Et Giselle, elle a besoin de danser. Et je ne pouvais plus m'arrêter. J'avais la couleuvre sous la peau.

Le jour où j'ai découvert la danse contemporaine, j'ai su qu'il n'y aurait pas de retour en arrière. C'est passé aussi par la télé, des images de la compagnie DanzAbierta. J'étais hypnotisée en regardant ces danseurs. C'était une danse qui contenait tout. Tous les mouvements, tous les rythmes, toutes les respirations. Classique, folklore, tout. En les voyant je me suis dit que c'était définitivement ça que je voulais faire.

Mes parents ont fait une drôle de tête quand je le leur ai dit. Pour eux, danser c'était normal, mais danser dans une fête était une chose, et *la* danse en était une autre, bien différente.

Pour eux, ce style de danse, comme ils disaient, c'était de l'indécence pure, un truc bon pour les putes et les pédés. J'ai pris alors l'habitude d'aller tout au fond du jardin. Je me cachais derrière le manguier pour que personne ne me voie. Et je dansais là sans musique, avec des partenaires invisibles.

Quand tu danses, le monde disparaît. Il n'existe rien d'autre parce qu'il ne manque rien d'autre. Et moi ce que je voulais, c'était danser. Mais papa et maman trouvaient ça complètement idiot. C'est pour ça qu'à seize ans j'ai décidé d'aller à Cienfuegos, la capitale de la province, voir si je pouvais étudier la danse. J'ai laissé un mot sur la table de la cuisine, je suis montée dans un camion avec un ami et je suis partie poursuivre mon rêve.

Ce jour-là je me suis envolée pour la première fois, avec mes oiseaux.

Des années plus tard, je suis devenue danseuse, oui, même si pas exactement comme je l'aurais voulu. Et j'ai volé de Renamagua à La Havane, de La Havane à Marseille, de Marseille à Madrid. Mais la terre était devenue boueuse sous mes pieds, elle commençait à m'aspirer. Et voilà, j'étais là, petite fourmi solitaire perdue dans Barcelone.

J'ai appuyé mes mains sur le bord du banc où j'étais assise, j'ai regardé par terre, les petits cailloux près de mes pieds. J'avais un nœud dans la gorge. Papa disait toujours que j'étais une spécialiste du ratage. Il avait peut-être raison. J'ai pensé à la tête qu'avait dû faire le policier en découvrant que j'étais partie sans rien dire, et que je n'aurais peut-être pas dû le faire, et que je serais incapable de retrouver le commissariat. Et j'ai pensé à Javi, bien sûr que j'ai pensé à lui.

Javi n'arrêtait pas de me chanter la chanson de Fonseca sur laquelle on avait dansé quand on s'était rencontrés : *quand tu t'en vas je sens un vide au fond de moi...* Mais je soupçonnais que cette fois il n'allait sentir aucun vide. À l'heure qu'il était, le dépanneur lui avait sûrement changé son pneu. Il devait déjà être dans l'appartement où nous devions passer la nuit. Je l'ai imaginé allongé sur le lit en train de regarder son portable, de faire glisser doucement son doigt sur l'écran d'un réseau social quelconque, de regarder une photo, de sourire, de lire les premières lignes de ce que quelqu'un avait écrit. D'attendre au mieux que je l'appelle ou, au pire, même pas. Mais certainement bien décidé à ne rien faire. Je le savais. Même si j'aurais beaucoup voulu que cela ne soit pas le cas, je savais au fond que Javi ne bougerait pas le petit doigt pour me retrouver, parce que la veille au soir il m'avait quittée. Aussi simple que ça. Salut, casse-toi, c'est fini.

Petit à petit les cailloux par terre sont devenus flous, embués. J'ai senti un tremblement dans le ventre. Des secousses intermittentes dans les épaules. J'avais de la morve dans les narines, et dans la bouche ce goût salé que je connais bien. Je me suis allongée sur le banc et j'ai essayé d'enfouir ma tête dans mes bras.

Javi s'était mis dans une colère folle. Après ce que je lui ai raconté sur la plage, il n'a pas cherché à me comprendre. La grande dispute a éclaté. Il a dit que nous ne pouvions pas rester ensemble, qu'il n'aimait pas la personne que j'étais. Il m'a regardée méchamment, très méchamment. C'est pour ça que je savais qu'il ne ferait rien pour me retrouver, parce qu'il n'en avait pas plus à foutre de moi que de mon sac. Pour lui on était de la merde.

Tu es trop conne, je me suis dit en me passant une main sur le visage pour essuyer les larmes. Et Javi aussi il est trop con, mais je suis encore plus conne, moi, de lui avoir dit tout ça. Conne, conne, conne. Je ne sais pas combien de fois j'ai répété le mot. Et comme ça, entre pleurs et insultes, j'ai fini par m'endormir.

Jeudi

Je me suis réveillée au petit jour. Passer une nuit dehors n'avait rien d'inhabituel pour moi. Ça m'est souvent arrivé. Certaines fois pour le simple plaisir de continuer à parler en écoutant de la musique dans l'attente des premières couleurs de l'aube et des premiers chants des oiseaux. D'autres fois parce que je n'avais pas le choix. Je suis une vagabonde et les vagabonds ne descendent pas à l'hôtel.

Ce réveil à l'aube à Barcelone n'était bien sûr pas prévu. Dès que j'ai ouvert les yeux, je me suis dit que ça avait été un peu imprudent de m'endormir dans ce parc, même si j'ai tout de suite pensé que je m'en fichais. De toute façon, on ne pouvait plus rien me voler.

Je me suis assise. C'était l'été, mais j'avais eu un peu froid en fin de nuit parce que je ne portais qu'un débardeur et par-dessus un blouson en jean très fin. J'avais un peu mal partout, mais dès que j'ai entendu le chant des oiseaux, je n'ai pas pu m'empêcher de sourire. Même si je ne connais rien aux différentes espèces, j'adore les oiseaux. Le type qui m'a fait le tatouage sur la poitrine a dit que c'étaient des hirondelles. Pour moi ce sont juste "mes oiseaux".

Leur vacarme m'a donné l'énergie de me lever. Je me suis étirée en tendant bien les bras. J'ai fait quelques pas pour m'étirer aussi les jambes. Un camion-poubelle est passé dans la rue et j'ai vu plusieurs personnes sur le trottoir d'en face. J'ai bougé le cou de bas en haut et de gauche à droite. J'ai écarté les pieds et incliné mon torse pour toucher le sol et, dans cette position, j'ai vu entre mes jambes un couple en tenue de jogging qui s'approchait en trottinant et en parlant. J'ai répété le mouvement. En haut, en bas. Quand ils sont passés à côté de moi, j'étais redressée. On s'est salués.

J'ai fermé les yeux et j'ai levé tête et bras, comme pour toucher le ciel. Je suis restée un moment comme ça, j'entendais rouler les graviers du parc sous les pieds des joggeurs qui s'éloignaient. Quand je n'ai plus rien entendu, j'ai rouvert les yeux et c'est là, dressée sur mes pieds, que je me suis rendu compte qu'on apercevait au loin les tours de la Sagrada Familia.

Je n'avais jamais été chez Raviel. J'avais noté son adresse dans mon téléphone, mais je savais une chose. Un repère : de son balcon, il pouvait voir la Sagrada Familia. Il me l'avait raconté dans un message à son arrivée à Barcelone. "La vue depuis chez moi a changé, Gise. Je suis passé de l'hôpital Ameijeiras à la basilique de Gaudí." C'était plus ou moins ce qu'il m'avait écrit.

À cet instant, tout en regardant les tours au lointain, j'ai eu comme une illumination. Je me suis dit que même si Raviel dormait ou venait de se réveiller ou faisait quoi que ce soit, je n'étais plus aussi perdue. Je savais que je ne retrouverais pas Javi, mais je pourrais retrouver Raviel. Même sans connaître son adresse exacte, si j'étais près de chez lui j'étais susceptible de tomber sur lui dans la rue. Les gens sortent, se promènent, vont au supermarché. Si Raviel habitait près de la Sagrada Familia, le mieux pour moi c'était de rester dans son secteur. J'ai arrêté aussitôt mes étirements pour me mettre en marche.

De loin on voyait les tours et les grues du chantier. J'ai avancé en les prenant comme repères. À un moment je les ai perdues de vue mais une dame m'a renseignée et je les ai aussitôt retrouvées. J'ai marché encore un peu avant d'arriver. La basilique n'était pas encore ouverte mais il y avait déjà des touristes en train de la prendre en photo.

La fois où j'étais allée à Barcelone, la Sagrada Familia avait été la première chose que j'avais visitée. Et ce que j'avais vu en premier, c'était la façade qui était devant moi. Avec Javi, ça ne faisait pas longtemps qu'on était ensemble. Je me rappelle que pendant qu'on sortait du métro par les escalators, il a commencé à me parler de Gaudí. Il s'était mis légèrement sur le côté pour m'obliger à rester de dos, mais je ne savais pas que c'était une stratégie de sa part. Le fait est que, quand on est sortis, il m'a dit : regarde. Je me suis retournée. J'ai eu l'impression que les pierres bougeaient, qu'elles étaient vivantes et en train de danser. *Clic.* Javi m'a prise en photo avec mon air complètement stupéfait. Et puis il a continué ses explications : c'était la façade de la Nativité et patati et patata. J'étais très impressionnée par ses connaissances, mais il m'a ensuite avoué qu'il venait de lire tout ça sur Internet et il a éclaté de rire.

Quand Javi sourit, il a des fossettes aux coins de la bouche qui me plaisent beaucoup.

Je suis restée plusieurs secondes comme une idiote les yeux fixés sur la façade avant de partir faire le tour de la Sagrada Familia en regardant partout autour de moi.

J'ai fait deux tours complets et suis revenue à mon point de départ. Derrière moi il y avait une place avec des arbres, des bancs, une aire de jeux et un bassin. De l'autre côté il y avait aussi une place avec à peu près la même chose, mais sans bassin. Derrière et autour des deux places il y avait des immeubles. Et de chaque côté de la basilique, d'autres immeubles. Et dans les rues qui débouchaient à chaque coin, encore plus d'immeubles. Et les tours étaient si hautes que l'on pouvait les apercevoir depuis des immeubles pas particulièrement proches. Et chaque immeuble avait plusieurs étages. Dans l'un des centaines d'appartements de l'un de ces immeubles vivait mon ami Raviel.

Je me suis soudain sentie à nouveau perdue, mais je n'allais pas me remettre à pleurer. Pas question. À une époque je pleurais beaucoup, mais j'ai ensuite appris que si les larmes deviennent une habitude, elles ne servent plus à rien. J'ai ravalé ma salive. J'avais besoin d'avoir les idées claires pour bien réfléchir. J'ai traversé la rue. Je sentais déjà la bonne odeur de café. Un allié sur qui on peut toujours compter.

L'établissement où je suis entrée m'a plu, parce qu'il y avait des tables à côté de la baie vitrée d'où l'on voyait la façade de la Nativité, et que même s'il se trouvait dans une zone touristique, il n'avait pas l'air trop cher. Le matin, je commence normalement par prendre un simple café noir, et ensuite un vrai petit-déjeuner : un café au lait, du pain complet grillé avec un filet d'huile d'olive, et une banane. Mais je ne pouvais pas m'offrir le luxe de dépenser autant. J'ai juste commandé un café au lait, en me disant que je pourrais m'acheter plus tard quelque chose au supermarché. Je suis allée m'asseoir à une table près de la baie vitrée, et en posant la tasse, j'ai regardé mon poignet gauche. Quelle tristesse. C'était là que j'avais toujours mes porte-bonheurs : le petit écusson en cuir avec mon nom, le cordon de fils de couleur, celui avec les petits coquillages blancs, la chaînette avec l'hirondelle et celle en petits tubes d'argent. Cinq bracelets que je n'enlevais que pour me doucher.

Sauf qu'à Llançà, comme je passais presque toute la journée dans l'eau, je ne les mettais que pour la nuit. Après la grande dispute avec Javi, tout est allé de travers. Le matin je me suis rendue seule à la plage. Ensuite, je me suis dépêchée, dépêchée. Comme je voulais grignoter quelque chose avant que Javi finisse de déjeuner avec sa famille, au lieu de mettre mes petits bracelets, je les ai fourrés dans mon sac pour aller plus vite et ne pas les oublier.

Dans la voiture, je ne les avais pas remis. J'étais contrariée, j'avais oublié. En plus, le fermoir de la chaînette avec l'hirondelle était un peu abîmé et je ne pouvais pas la mettre seule, mais Javi ne voulait plus me parler, et moi non plus. Si bien qu'ils étaient tous restés dans le sac.

Qui sait si le voleur allait faire quelque chose de mes porte-bonheurs. Les offrir à quelqu'un ? Imbécile de voleurs.

Mes petits bracelets n'avaient rien d'extraordinaire. Leur valeur marchande était presque nulle. C'étaient juste des bribes de mon histoire, des bouts de moi-même. Ce n'étaient même pas des objets parlants. Ni mon voleur ni personne ne pouvaient en tirer des informations sur moi. La seule qui savais, c'était moi, parce qu'il y a des objets qui ne parlent que le langage secret propre à chacun. Chacun de ces petits bracelets m'avait été offert par quelqu'un d'important dans ma vie.

J'ai touché mon poignet gauche. Je faisais ça de temps en temps. Parfois même inconsciemment. C'était comme un tic, une manie. Je touchais mes porte-bonheurs et je commençais à les bouger dans tous les sens. Et même si là il n'y avait plus rien, je pouvais presque les sentir. La peau a une mémoire incroyable. Parfois je me demande pourquoi on a besoin de sa tête si la peau n'oublie jamais rien. Si mes porte-bonheurs pouvaient parler, ils raconteraient mon histoire depuis le début. J'ai pris la tasse de café au lait et j'ai regardé dehors.

Le premier porte-bonheur, c'était Maïkel qui me l'avait offert.

Quand je me suis enfuie du village à seize ans, ce que je voulais, c'était apprendre à danser. Je suis partie avec un ami qui voulait s'éloigner un temps parce que son père le frappait, même s'il m'avait fait jurer de ne le dire à personne. Lui et moi dansions avec un petit groupe d'amis du collège ; nous nous retrouvions le dimanche sur la place du village avec d'autres du quartier pour inventer des chorégraphies. Souvent les voisins se plaignaient et alors papa me faisait des scènes terribles, en disant que j'étais toujours fourrée avec des vauriens. Il adorait ce mot.

Mon ami et moi, on a tout bien organisé. Moi j'avais volé un tas de mangues du jardin. Et lui avait volé d'autres trucs de chez lui. On a rempli les sacs à dos de produits qu'on pouvait vendre et on est partis.

La vérité vraie, c'était que je ne connaissais presque pas Cienfuegos. J'y étais allée deux ou trois fois mais toujours avec maman, pour rendre visite à une de ses parentes qui vivait dans les environs. Quand on est arrivés, on est allés directement chez une tante de mon ami, une artisane qui travaillait à son compte et avait deux fils, l'un d'à peu près notre âge et l'autre beaucoup plus jeune. La tante venait d'acheter une très grande maison en plein centre de la ville, tout près du Prado, mais elle était vétuste et entièrement à rénover. D'après ce que mon ami m'avait raconté, depuis que sa tante gagnait très bien sa vie, elle s'entendait mal avec le reste de la famille, mais lui elle l'aimait beaucoup. En plus, l'aîné de ses deux cousins était son cousin préféré, il étudiait la danse à La Havane et il était revenu à Cienfuegos pour les vacances.

Pour toutes ces raisons, mon ami m'avait juré qu'on pourrait loger chez sa tante et que son cousin m'aiderait pour la danse. Mais la tante ne nous a pas bien reçus. Elle a dit que personne ne l'avait prévenue ; que la maison était en travaux, qu'elle avait du travail et tout un tas de démarches à faire, et que ce n'étaient pas des façons de se pointer comme ça. C'est seulement quand mon ami lui a dit qu'on voulait rester une nuit, pas plus, qu'elle nous a donné des couvertures pour dormir par terre dans le salon, à côté de sacs de ciment.

Plus tard, quand on est sortis avec le cousin, il nous a tout raconté et nous avons pu nous organiser. La tante faisait des travaux dans la maison parce qu'elle allait la revendre et s'en acheter une à La Havane. C'était pour ça qu'elle avait prévu d'aller quelques jours dans la capitale pour y faire des démarches et d'emmener le petit frère. Dès qu'elle serait partie, le grand nous préviendrait pour qu'on vienne s'installer dans la maison. Il a tout de suite proposé de parler à plusieurs de ses anciens profs de danse et de me mettre en contact avec eux. Son vrai nom, c'était Odislán, mais ses amis l'appelaient Maïkel.

Les premiers jours, mon ami et moi on a dû survivre dans la rue, mais ça n'était pas si mal. C'était l'été. Pendant la journée on allait à la plage avec Maïkel et ses amis. On mangeait ce qu'on trouvait, y compris les restes laissés sur les tables des cafétérias. Le soir, on était toujours ensemble et ensuite mon ami et moi on dormait partout où on pouvait, dans une agence funéraire, sur une petite plage, chez l'un ou l'autre. La tante a fini par partir et on s'est installés dans la grande maison en travaux.

Moi, Maïkel me plaisait. Et je lui plaisais aussi. C'est comme ça que, dès la première nuit, j'ai emménagé dans sa chambre.

On l'appelait Maïkel parce qu'un jour où, encore môme, il rentrait de l'école de danse, il était tombé au coin de sa rue sur des garçons un peu plus grands en train d'écouter de la musique et de faire les pitres. En le voyant passer, l'un d'eux lui a crié d'une voix de crécelle: Hé, la danseuse! Il s'est arrêté et a fait demi-tour. Pile à ce moment-là commençait une chanson de Michael Jackson. Danseuses mes couilles! il a répondu en joignant le geste à la parole. Il a poussé un cri façon Michael Jackson et s'est mis à danser comme lui. Les autres étaient tellement sidérés qu'ils n'ont même pas réagi. Résultat, ils sont devenus potes et il leur a appris à glisser en arrière comme le chanteur. À partir de ce jour, personne ne l'a plus appelé Odislán et encore moins danseuse.

Avec Maïkel j'ai perdu ma virginité. Je n'ai jamais bien compris pourquoi on disait ça comme ça. Pratiquement tout le monde passe la plus grande partie de sa vie en n'étant pas vierge, donc en fait on ne devrait pas dire qu'on a perdu quoi que ce soit, mais plutôt qu'on a trouvé quelque chose. Bon, c'est comme ça qu'on dit. Les filles que je connaissais à l'époque ne pensaient qu'à la perdre, et moi aussi ça m'a beaucoup plu.

Ces jours-là ont été géniaux. Comme promis, Maïkel a parlé à plein de gens, et m'a finalement présentée à une prof. Il avait pris des cours de danse très jeune, à Cienfuegos, avant de partir à La Havane continuer au niveau supérieur. J'étais tout près de l'âge limite pour intégrer l'école nationale. Quand la prof m'a vue, elle a dit que je pourrais me présenter aux examens d'entrée, mais qu'il fallait que je m'entraîne, que je travaille beaucoup, que j'y consacre des heures et des heures. Et moi j'étais prête à tout faire pour y arriver.

La tante a été absente une semaine. À son retour, Maïkel lui a dit que j'étais sa copine et que j'allais rester à la maison avec lui jusqu'à la fin des vacances. On ne peut pas dire qu'elle a sauté de joie, elle m'a regardée avec une drôle de tête, mais comme elle avait un faible pour son fils danseur, elle a fini par m'accepter. Mon ami aussi elle a dû l'accepter, bien sûr, c'était son neveu, mais elle lui a fait encore plus la tête qu'à moi.

Les jours ont passé à toute vitesse. Le Prado, le boulevard, Punta Gorda. Les baisers de Maïkel. Les fêtes la nuit avec le groupe. La danse et l'entraînement. La prof m'a dit que je pourrais assister aux ateliers qu'elle proposait pour la préparation aux épreuves. Ce n'était pas gratuit, bien sûr, mais elle a précisé que si je n'avais pas d'argent, elle acceptait d'autres moyens de paiement : des fruits, des poules, des légumes, des produits que l'on trouvait dans mon village. Les ateliers commençaient en septembre. Je pourrais m'organiser.

L'été et les vacances se sont poursuivis. Sexe dans la mer, sur le sable et dans la chambre. Maïkel m'a appris des techniques de danse. Il m'a dit que même si la *Giselle* d'Alicia Alonso était parfaite, il me préférait moi, que j'étais sa Giselle. Alors je levais une jambe, je levais l'autre, je les écartais. Avec Maïkel, j'ai appris différentes positions, je ne sais pas si c'était vraiment de la danse, mais elles fonctionnaient. Et nous riions, et nous dansions. Bras en l'air, dos tendu et en avant.

Un jour Maïkel a annoncé qu'il devait rentrer à La Havane. Sa mère lui mettait la pression. Les vacances étaient presque finies et il devait être là-bas avant le début des cours. Ce jour-là il a ôté la chaînette qu'il portait toujours à la cheville et il me l'a mise.

– Avec elle, tu ne te perdras pas, il m'a dit, garde-la sur toi, elle te conduira à moi et on dansera ensemble.

Le lendemain, je suis rentrée à Renamagua avec mon ami. J'étais pleine de projets. La prof commençait ses ateliers de préparation aux examens d'entrée en septembre. Il fallait que je trouve un moyen de la payer et que je m'entraîne, bien sûr, que je m'entraîne beaucoup. Mais dès que j'ai posé un pied dans la maison tout s'est mis à dérailler.

Maman avait honte. Papa, fou de rage, m'a demandé en criant pourquoi je leur avais fait ça. J'étais la brebis galeuse, la mauvaise fille qui s'était enfuie en leur laissant un mot complètement idiot, et qui ne les avait appelés qu'une fois, ce qui était effectivement le cas. Je les avais appelés une seule fois pour leur dire que tout allait bien.

Des disputes, des cris. Papa a dit que je pouvais oublier toutes ces idées de danse à la con, que c'étaient rien que des trucs de putes et de pédés. Je n'avais qu'à suivre l'exemple de mes demi-frères, putain de merde. Lui, il ne voulait ni vauriens ni putes chez lui. Je n'avais plus qu'à me trouver un boulot sérieux puisque j'avais seize ans et que je n'étais plus une gamine. Sainte Vierge, se plaignait maman, pourquoi tu ne veux pas étudier une vraie matière, pourquoi tu ne me donnes jamais aucune satisfaction, pourquoi tu ne peux pas être une fille sérieuse qui reste à la maison.

J'ai laissé passer l'orage et je me suis bien comportée. Maman était couturière, mais depuis un certain temps, elle lavait aussi du linge pour les voisins. J'ai commencé à l'aider. Ce n'était peut-être pas aussi sérieux que papa l'aurait voulu, mais ça faisait rentrer un peu d'argent pour la maison et pour moi.

En septembre, j'ai de nouveau fugué. Papa était au travail. J'ai dit à maman que j'allais rendre visite à une amie, mais je n'avais pas d'amies. Il restait encore des mangues dans le jardin. J'en ai ramassé quelques-unes et je suis partie suivre mon premier cours de danse. J'avais la chaînette de Maïkel à la cheville. Et dans la tête ce qu'il m'avait dit avant de partir.

Qu'il fallait que je prépare les examens, que je ne devais surtout pas renoncer, que je m'entraîne tous les jours, qu'il espérait me retrouver à l'école de La Havane. Il m'a dit tout ça quand on s'est quittés. Et il est parti.

Mais les examens, je ne les ai jamais passés.

J'ai bu une autre gorgée de mon café au lait. Il était bon. La vérité vraie, c'était la seule bonne chose qui m'était arrivée depuis que j'étais à Barcelone. De l'autre côté de la vitre, la ville s'était doucement réveillée. Il y avait plus de monde et de circulation.

La chaînette de Maïkel, je l'ai gardée des années à la cheville. Elle était faite de petits tubes en argent qui alternaient avec des petites perles noires. C'était une création artisanale de sa mère. Quand elle s'est rompue, j'ai perdu quelques perles, mais j'ai fait de mon mieux pour la réparer. Elle était plus courte et comme elle ne tenait plus autour de ma cheville, je l'ai mise au poignet. C'est là que je la portais depuis.

Maïkel-Cienfuegos.

Je n'avais pas seulement la rage contre le voleur, je m'en voulais aussi à moi-même parce que si j'avais remis mes porte-bonheurs avant de quitter Llançà, je les aurais eus encore avec moi. Et si au lieu de les fourrer dans le sac je les avais glissés dans la poche de mon pantalon, pareil. Mais il n'y avait plus rien à faire. De quoi enrager. La seule chose qui était restée dans mon pantalon, c'était le portefeuille du Français.

En pensant à ça, j'ai tout de suite posé la tasse pour sortir le portefeuille. Je l'ai mis sur la table et je l'ai regardé.

Je me suis dit que peut-être, au même moment, quelque part dans la ville, quelqu'un était en train de regarder mon sac. Quelqu'un qui avait déjà analysé chacun de mes objets. C'était comme si une main sans visage s'était glissée sous la table pour me toucher la chatte sans que je puisse réagir. Et, en me disant cela, je me suis sentie un peu mal à l'aise, parce que moi aussi j'avais examiné des objets qui n'étaient pas à moi. Mais je ne suis pas une voleuse. Volé et perdu, ce n'est pas la même chose. Le portefeuille, je l'avais trouvé.

Quand on était arrivés Javi et moi à Llançà, les autres étaient déjà dans la maison et s'étaient, évidemment, déjà réparti les chambres. Une pour la sœur aînée de Javi, le beau-frère et le bébé. Une autre pour la sœur plus jeune et son copain. Le frère du beau-frère, qui était seul et ne pensait pas rester toutes les vacances, avait accepté de dormir sur le canapé du salon. Et la troisième chambre était pour nous. C'était la plus petite et la seule qui n'avait pas vue sur la mer, mais Javi n'a rien dit et moi encore moins.

C'est seulement quand on s'est installés dans la chambre que je me suis rendu compte qu'il était contrarié, mais je n'y ai pas attaché d'importance. J'étais trop, trop contente. Même si ça faisait un peu plus d'un an que j'étais avec Javi, nous n'habitions pas ensemble, et je ne connaissais pas sa famille. Ce voyage n'était pas seulement mon premier voyage sur la Costa Brava. C'était aussi et surtout la première fois que je rencontrais ses sœurs. Javi venait de me les présenter et j'étais tout émue, c'est pour ça que je ne lui ai pas trop prêté attention.

Je me suis assise sur lit et j'ai commencé à sortir des affaires pour m'installer. Debout, les deux mains sur les hanches, Javi regardait autour de lui. À un moment, j'ai ouvert le tiroir de la table de nuit et c'est là que j'ai trouvé un portefeuille d'homme. Je le lui ai montré et lui ai dit que le locataire précédent l'avait peut-être oublié, même si cela semblait bizarre, parce que normalement, dans ces maisons de vacances, le ménage est fait soigneusement entre deux locations.

Avant que j'aie pu l'ouvrir, Javi m'a enlevé le portefeuille des mains pour voir son contenu.

– Et voilà, ce n'est pas seulement dans la maison qu'ils ont bien fait le ménage. Dans le portefeuille aussi, a-t-il dit en le lançant à côté de moi sur le lit.

Je l'ai repris. Dedans il y avait des papiers d'identité et divers documents. Ni argent ni cartes de crédit.

– Il y a des choses dedans, je lui ai dit. Il doit bien y avoir un endroit où déposer des objets perdus, tu ne crois pas ?

Javi a dit que le mieux, ce serait de s'en occuper quand nous serions à Barcelone. Déjà qu'on se retrouvait dans la chambre la moins agréable. Il n'était pas venu en vacances pour s'occuper de ce que d'autres avaient oublié. Après m'avoir suggéré de le laisser où il était, il a considéré que l'affaire était close. Et moi aussi, puisque j'ai pris le portefeuille pour le remettre là où je l'avais trouvé.

Mais je ne l'ai pas oublié. Pas du tout. Un autre jour, je l'ai ressorti. Au début par simple curiosité. Je ne sais pas. Savoir que dans un tiroir à côté du lit où on dormait Javi et moi il y avait un objet dont nous ne savions rien a énormément piqué ma curiosité et j'ai voulu l'examiner tranquillement.

Le portefeuille contenait, en plus de la carte d'identité de son propriétaire, du permis de conduire et de la carte grise, des résultats d'analyses, un certificat médical, deux photos et une lettre, ou plutôt le brouillon d'une lettre écrite à la main.

Les papiers aussi bien que la lettre étaient en français ; même si je suis loin de le maîtriser, je le parle un peu. J'avais commencé à l'apprendre grâce à une playlist de chansons françaises qu'un ami avait enregistrée pour moi à Cuba, avant mon départ pour Marseille. Et dans les rues de Marseille j'avais continué à le baragouiner. Mes connaissances m'ont permis de comprendre certaines choses sur le propriétaire de ces objets, mais pas tout. Ce qui a encore plus piqué ma curiosité.

En soupirant, j'ai posé la main sur le portefeuille.

Même si on s'était mis d'accord avec Javi pour le déposer à l'agence de Barcelone qui louait la maison de Llançà, à un moment des vacances, j'ai eu l'idée de le renvoyer directement à son propriétaire. Je me suis dit qu'il ne fallait pas attendre, parce que son contenu me semblait important. Le problème, c'était que je ne savais pas où l'envoyer. Sur chacune des pièces d'identité il y avait une adresse dans une ville différente en France. Apparemment, le type avait déménagé plusieurs fois. J'ai eu peur de ne pas l'envoyer au bon endroit et qu'il se perde encore plus. Et je n'ai donc rien fait. Et là, même en le voulant, je ne pouvais pas le faire, parce que je ne savais pas où était l'agence.

Donc, je me retrouvais avec le portefeuille. C'en était presque comique. Je venais de me faire voler les objets les plus précieux que j'avais et la seule chose qui me restait, c'étaient les objets d'une autre personne. Ma vieille copine qu'on surnommait la Mystique aurait sûrement trouvé une explication magique à tout cela, mais je n'ai jamais beaucoup cru aux explications magiques.

Le portefeuille était évidemment resté dans le pantalon une des fois où j'avais été à la petite crique en face de la maison de Llançà, parce que quand Javi et moi on a commencé à avoir de petites disputes, c'était là que j'allais. J'inventais n'importe quelle excuse pour sortir m'asseoir un moment face à la mer. Et j'emportais le portefeuille, à cause des photos et de la lettre. La lettre surtout que je n'ai pas arrêté de lire et de relire, jour après jour, sans que Javi s'en rende compte. Au début en tout cas.

J'ai brusquement écarté la main du portefeuille, comme s'il était brûlant.

– Là, on est tous les deux perdus, j'ai murmuré.

Je l'ai regardé encore un peu avant de tourner la tête du côté de la rue. Et je suis restée comme ça un temps infini. Même une fois le café au lait terminé j'ai continué à regarder la rue. J'ai fini par me lever. J'ai mis le portefeuille dans ma poche, lui ai donné deux petites tapes à travers la toile du pantalon, et je suis allée aux toilettes.

Avant de sortir du café, j'ai demandé au serveur où je pourrais trouver à proximité un supermarché pas trop cher.

Dehors il faisait plutôt chaud. La rue était pleine de gens. Les alentours de la Sagrada Familia s'étaient remplis de vendeurs de souvenirs et de confiseries. C'était la fin août, les derniers jours de vacances et tout le monde semblait avoir envie d'en profiter. On voyait des têtes penchées aux balcons de la basilique. Il y avait beaucoup de bruit, des klaxons, des cris d'enfants, des voix. Les magasins étaient ouverts. Le soleil s'infiltrait partout. Les choses étaient mouvantes : touristes, mamans avec des poussettes, vendeurs ambulants. Plus bicyclettes, taxis, autobus. Un tourbillon d'odeurs et de sons.

Il faut que je trouve mon ami Raviel au milieu de ce tumulte, je me suis dit en me dirigeant vers l'endroit indiqué par le serveur du café.

Le supermarché n'était pas loin. Avant d'entrer, je me suis arrêtée pour compter l'argent que j'avais : six euros quarante. Une misère. J'espérais que ce serait vraiment bon marché, comme me l'avait assuré le garçon. J'ai remis l'argent dans ma poche et je suis entrée.

S'il n'y avait pas eu la grande dispute avec Javi et qu'on avait suivi le plan initial, en ce moment j'aurais dû être avec Raviel. Au lieu de cela j'étais seule en train d'avancer entre les rayons d'un supermarché ; très lentement pour examiner le prix des choses et bien choisir ce que j'allais manger.

J'ai pris une bouteille d'eau. Ravel était tout content quand je lui ai dit que je serais à Barcelone fin août. Il prenait ses vacances en juillet, en août il reprenait le travail, mais quand je l'ai appelé pour lui annoncer, il a dit qu'il allait changer ses jours de travail avec l'un de ses collègues pour libérer les journées où je serais là. Tout était parfaitement organisé. Javi et moi on devait arriver à Barcelone le mercredi soir. Le lendemain matin, Javi pensait rester dans l'appartement qu'il avait loué pour préparer sa réunion. Et moi je devais retrouver Raviel. Rien que lui et moi pour nous promener, rire, nous donner des nouvelles, dire des énormités à la cubaine et parler à n'en plus finir. Le soir nos partenaires devaient nous rejoindre pour qu'on fasse leur connaissance et on passerait le week-end tous ensemble. Le lundi, pendant que Javi rencontrerait son client, Raviel et moi on projetait aller à la plage. Et après avoir déjeuné tous les trois, ciao Barcelone.

J'ai pris un petit sachet avec un feuilleté au thon.

Ça, c'était le plan de départ, mais tout a changé après la grande dispute. Javi a appelé son client pour annuler. Et moi j'ai dû appeler Raviel. Je n'ai pas voulu lui dire ce qu'il s'était passé à Llançà, parce qu'il y a des choses que l'on ne peut pas raconter au téléphone. En plus, l'histoire dépassait largement les limites d'une simple dispute. Par-dessus tout, j'étais gênée, parce que Raviel avait changé ses jours de travail pour être avec moi. C'était pour ça que, même si je n'aimais pas ça, j'avais décidé de lui mentir. Je lui ai raconté que Javi avait quelque chose d'urgent à régler à Madrid et qu'on ne pouvait pas s'arrêter à Barcelone. Pour mon ami, l'histoire du travail n'avait pas d'importance, ce qu'il regrettait vraiment, c'était de ne pas pouvoir me voir et m'embrasser. Quand il m'a dit ça, j'ai senti un nœud dans la gorge. Je n'avais même pas pu lui dire que, finalement, Javi et moi on allait dormir le mercredi à Barcelone, parce que ça, on l'avait seulement décidé au départ de Llançà. Et ensuite il était arrivé ce qui était arrivé.

Je me suis arrêtée devant les fruits. Il y avait des mangues. Je les ai tâtées, elles étaient dures comme des pierres. J'ai souri.

À Llançà on avait trouvé un petit marché où ils avaient parfois de bonnes mangues. Javi aime ça, même si quand on s'est rencontrés il ne savait pas comment les manger. Un jour j'ai débarqué chez lui avec une super mangue que j'avais trouvée chez un Pakistanais et Javi a pris un couteau pour la couper. J'ai éclaté de rire. Mais non, je lui ai dit, la mangue il faut s'en mettre partout, si tu ne t'en mets pas partout, tu n'en profites pas. D'abord, on enlève la peau qu'on suce pour enlever tous les filaments. Après, on mord dans la chair en y plongeant le nez et les joues. Et en dernier vient le noyau qu'il faut mettre dans sa bouche pour le sucer encore et encore jusqu'à la dernière goutte. Ce premier jour on s'en est effectivement mis partout et Javi est devenu un fan de mangues. Mais à Llançà on n'était pas seuls. On servait la mangue découpée en petits cubes et ensuite on se cachait dans la cuisine pour sucer les noyaux et les peaux.

J'ai imaginé qu'à cette heure-ci, Javi devait déjà avoir pris la route pour retourner à Madrid. Avec la musique à fond. Le pied appuyé sur l'accélérateur, convaincu que si je ne l'avais pas appelé c'était parce que je n'avais pas voulu, parce que j'étais en colère. Et j'étais bel et bien en colère, oui, parce qu'il n'avait pas voulu me comprendre. Imbécile de Javi.

J'ai détourné les yeux des mangues pour prendre une banane.

Pour compléter mes achats, sur le chemin de la caisse, j'ai pris la tablette de chocolat noir la moins chère.

– Carte ou espèces, mon cœur ? m'a demandé la caissière, une dame un peu grosse avec des ongles immenses.

– Espèces.

– Et je te mets un sac ? Ils sont en plastique recyclé, réutilisables.

J'ai souri. Le sac m'a coûté cinq centimes. Il n'était pas comme les sachets en plastique habituels, il avait l'air plus résistant et avait le logo du magasin.

À la sortie du supermarché, je me suis dirigée vers la Sagrada Familia. Je suis passée devant des terrasses remplies de monde et, alors que j'allais traverser, le signal est passé au rouge pour les piétons. Immobile au milieu de tout ce bruit, j'ai entendu un son bien particulier.

Sur le trottoir de la basilique il y avait des tas de touristes le cou étiré pour observer les tours, mais moi j'ai remarqué un type qui regardait les gens au lieu de regarder en l'air. À ses pieds, il y avait une couverture avec des objets et lui jouait des castagnettes. Et ce son m'avait soudain rappelé un détail.

Raviel m'avait dit une fois que son quartier était super et très pratique, parce que rien n'était loin. Une seule chose le dérangeait : être obligé d'esquiver ces idiots de touristes quand il revenait du supermarché avec son cabas à roulettes. Ça et un vendeur ambulant qui passait la journée à jouer des castagnettes. Il m'avait raconté que parfois, quand il s'asseyait à son balcon pour boire un verre, l'envie le prenait d'avoir sous la main une sarbacane pour s'exercer sur l'abruti aux castagnettes. C'était comme ça qu'il l'avait appelé : l'abruti aux castagnettes.

Dès que le signal est passé au vert, j'ai traversé pour m'approcher du type qui, en me voyant, a fait un geste pour me montrer tout ce qu'il vendait : éventails, bracelets et, bien sûr, castagnettes dont il s'est empressé de jouer, rien que pour moi. Je l'ai remercié avec un sourire et je me suis éloignée.

J'ai regardé dans toutes les directions. Si Raviel pouvait voir ce type depuis son balcon, cela voulait dire que son immeuble n'était pas très loin. Cette seule idée m'a réjouie, même si je ne voulais pas crier victoire trop tôt, parce qu'il pouvait y avoir des vendeurs de castagnettes ailleurs. Et je suis repartie faire le tour de la basilique.

Je suis revenue à mon point de départ, à côté du même bonhomme. J'avais vu des vendeurs de tas de choses, mais comme joueur de castagnettes, il n'y avait que lui. Et ça devait donc être lui, l'abruti aux castagnettes. Je me suis dit que si je restais debout à ses côtés, Raviel n'aurait pas de mal à m'apercevoir, mais aussitôt j'ai eu un doute. Si mon ami ne supportait pas le joueur de castagnettes, le connaissant comme je le connaissais, je l'imaginais tout à fait capable d'éviter à tout prix de le regarder, ou même de passer par l'endroit où il se trouvait. Donc si je restais là, il était bien possible que Raviel ne me voie jamais. Pas question. Je me suis dit qu'il fallait que je trouve autre chose pour attirer son attention, et j'ai tout de suite su quoi.

Deux choses nous avaient dès le départ réunis, Raviel et moi : l'amour de la danse et l'incompréhension de nos parents.

Quand je l'ai rencontré, je venais tout juste d'arriver à La Havane. J'étais une fille de la campagne qui débarquait d'un village dont personne ne savait même où il se trouvait. J'avais déjà vécu certaines choses et je venais de quitter définitivement la maison de mes parents. C'était un nouvel envol.

On a été présentés à une fête, on a commencé à parler et on a découvert qu'on aimait tous les deux la danse. À un moment, ils ont mis la musique du film *Dirty Dancing*, un classique. Impossible de rester sans bouger. D'un coup, on est devenus le centre de la scène : Jennifer Grey et Patrick Swayze. Qu'est-ce que Raviel dansait bien. On connaissait tous les deux la chorégraphie. La seule chose qu'on n'a pas faite, c'est le porté final, mais pour tout le reste, parfait. Ce soir-là on a dansé sur toutes les musiques. On a été Jennifer et Patrick, Fred Astaire et Ginger Rogers, Olivia Newton John et John Travolta, Raviel et Giselle.

Il était étudiant en architecture et dansait dans un groupe de sa fac qui avait pour prof un danseur professionnel. Ce soir-là, il m'a dit qu'il devait participer à un festival mais que sa partenaire venait de lui annoncer qu'elle n'irait pas parce qu'elle devait rester concentrée sur ses études. Bref, elle l'avait planté là. Raviel était triste et en colère. Et je lui ai dit alors qu'il n'en était pas question, que j'allais danser avec lui. Je suis devenue sa partenaire et je suis allée aux répétitions. Au festival, on n'a rien gagné mais on s'est énormément amusés et ensuite j'ai continué à danser avec le groupe.

À partir de là, on a commencé à se voir pour sortir, Raviel et moi. Même si on aimait tous les deux la danse en général, mon ami préférait le ballet et moi la danse contemporaine, ce qui fait qu'on allait ensemble à tous les spectacles. Et c'est comme ça que petit à petit on est devenus amis et qu'on s'est mis à se faire des confidences.

Je lui ai parlé de mes parents. Il m'a parlé des siens. Sa mère s'appelait Elvira et elle avait décidé de lui donner son nom à l'envers : Ra-vi-el.

Elvira était la maîtresse d'un type qui était marié et avait des enfants, elle était tombée enceinte et avait décidé de garder le bébé. Comme le père ne voulait pas que sa famille officielle soit au courant, il ne lui avait pas donné son nom de famille et Raviel avait grandi ainsi, avec un père à moitié fantôme, qui venait le voir de temps en temps mais qui parvenait à imposer ses idées. Et une de ses idées était que tous ses enfants devaient faire des études supérieures sérieuses. Sûrement pas des disciplines artistiques et encore moins la danse, comme Raviel aurait voulu, parce que ce n'était pas sérieux. Comme papa, son père avait un problème avec ce qui était sérieux et ce qui ne l'était pas, et considérait que la danse était un truc pour les putes et les pédés.

Avec tous les danseurs que comptait ce pays, la malchance avait voulu qu'on soit tous les deux tombés sur une famille à la con, mais qu'y faire ? Raviel et moi on riait en se disant qu'à force d'insister, on avait fini par leur donner raison. Je me retrouvais à danser et à coucher avec tous les corps dont j'avais envie. Lui faisait des études d'architecture, mais il ne les avait pas terminées parce qu'il était tombé amoureux de Sergio et était parti vivre avec lui à Barcelone. Il est gay et il est marié et il est heureux. Il danse parce qu'il aime ça. Et chaque fois qu'il en a envie, il ferme les yeux et rêve qu'il est Nijinski ou Noureev, Carlos Acosta ou Carreño, et ça le rend encore plus heureux.

Les cloches de la Sagrada Familia ont sonné. J'ai demandé l'heure et on m'a montré un écran de téléphone : onze heures et demie. Je n'avais pratiquement rien fait de la matinée, mais j'avais une idée pour retrouver Raviel : j'allais me mettre à danser près du joueur de castagnettes pour qu'il me voie. Si je le retrouvais aujourd'hui, parfait. Sinon, je danserais demain et le jour suivant et comme ça jusqu'à ce qu'il me voie ou que je tombe morte de fatigue.

J'ai touché mon poignet gauche.

Raviel disait qu'on était le couple parfait pour faire mourir les imbéciles d'un infarctus : le pédé noir et la paysanne en fugue qui rêvaient d'être danseurs. Le soir de nos adieux à La Havane, il m'a offert un bracelet en cuir avec mon nom écrit comme je l'aime : Giselle. Il l'avait lui-même fait graver.

– C'est pour que tu ne te perdes pas, ma Gise. Ne fais pas comme moi, garde ton rêve et tu verras que tu y arriveras. Souviens-toi que tu es Giselle, et Giselle doit danser.

Il m'a dit ça et m'a embrassée sur la tête. Il avait cette habitude qui me faisait craquer.

Raviel-La Havane.

C'est mon meilleur ami, mon grand ami. Et son porte-bonheur aussi on me l'avait volé à Barcelone.

Mais Raviel, il fallait que je le retrouve. Je savais que ce jeudi il ne travaillait pas puisqu'il avait changé ses horaires. Mais était-il sorti ou était-il chez lui ? Et, s'il y était, je ne pouvais pas non plus savoir s'il aurait envie de se mettre à son balcon pour boire un verre, ni à quelle heure il le faisait. De toute façon, j'avais décidé de danser près du joueur de castagnettes. Le problème était que de ce côté-là, le soleil cognait dur, mais je n'avais pas le choix. Le vendeur était en plein soleil, à côté d'un arbuste en pot. Il y avait un autre arbuste en pot un peu plus loin. Ça m'a semblé le meilleur endroit pour me mettre à danser, mais avant il fallait que je mange. J'avais acheté des choses et je ne voulais pas qu'elles s'abîment à cause de la chaleur. Face à moi, il y avait l'esplanade de la Sagrada Familia où, avec un peu de chance, je pourrais trouver un banc à l'ombre.

J'ai traversé pour me plonger dans le tumulte. On aurait dit une fête foraine. Le va-et-vient des corps, le boucan, les castagnettes, les vendeurs, les stands, un type en train de jouer de l'accordéon un peu plus loin. J'allais faire partie de cette fête foraine. J'allais être "celle qui danse".

Trouver un endroit où m'asseoir n'a pas été si facile. J'ai dû faire plusieurs tours avant de repérer enfin un petit espace libre sur un banc qu'atteignait l'ombre d'un arbre. Il n'y avait là qu'un couple de jeunes touristes. Ils étaient tous les deux en short et tee-shirt avec des casquettes à visière. Lui avait un porte-bébé. Tous les trois étaient très blancs, avec les joues roses.

Je leur ai fait signe que je voulais m'asseoir et ils m'ont fait bon accueil. Je me suis assise. Ils avaient des sacs à dos à leurs pieds et la fille a sorti un sandwich pour chacun. Ils parlaient anglais. Moi j'ai pris mon feuilleté au thon.

Quand le bébé a commencé à pleurer, lui s'est levé et s'est mis à le bercer sans cesser de manger. Elle n'a pas bougé. Elle était trop occupée par son sandwich et son téléphone. Le bébé a continué à pleurnicher par intermittence, comme s'il suivait le rythme du bercement : en haut, en bas…

J'ai détourné les yeux et me suis mise à manger. De là où j'étais, je pouvais contempler une autre façade de la Sagrada Familia : la Passion. J'ai trouvé ça presque drôle : j'avais petit-déjeuné ce matin en regardant un côté de la basilique et là je déjeunais en regardant un autre. C'était comme un jeu, même si au dîner je ne pourrais pas voir la troisième façade, celle de la Gloire, qui n'est toujours pas terminée. La gloire se fait souvent attendre, j'en sais quelque chose.

Les noms des façades de la basilique étaient restés gravés dans ma mémoire depuis la fois où Javi avait voulu m'impressionner avec tout ce qu'il venait de lire sur Wikipédia. Il y a des choses que l'on n'oublie jamais. D'un côté la Nativité ; de l'autre côté, la Passion. C'était ce que Javi m'avait dit cette fois-là.

Le chocolat, j'ai préféré le garder pour plus tard. J'ai mangé la banane pour le dessert et quand j'ai terminé, je me suis rappelé qu'il y avait dans le portefeuille un cure-dents dans un petit sachet en papier. Je l'ai sorti. Comme je ne savais pas combien de fois j'allais devoir m'en servir, je l'ai remis dans son sachet que j'ai de nouveau glissé dans le portefeuille.

Dans le compartiment où était le cure-dents il y avait aussi un blister découpé avec trois comprimés de paracétamol, un petit chiffon pour nettoyer les lunettes, plusieurs timbres-poste, et un bout d'enveloppe avec un nom et une adresse.

Je suis restée les yeux fixés sur le portefeuille.

À Llançà, quand Javi avait découvert que j'avais fouillé dedans, on s'était un peu disputés. C'était d'ailleurs là que les premiers accrochages avaient commencé, mais j'avais continué. Je voulais comprendre l'histoire cachée dans ce portefeuille. Et j'en avais pas mal appris.

Son propriétaire s'appelait Gérard Mansouri. C'était un Français de soixante-douze ans, qui mesurait un mètre soixante-quatre et portait des lunettes depuis l'enfance. Gérard conduisait une Renault 5 dont la première immatriculation datait de 1996 et qui avait passé avec succès le dernier contrôle technique. Il était client de Carrefour, car il avait la carte de fidélité du supermarché ; et il aimait nager puisqu'il avait un abonnement dans une piscine et une licence de plongée, délivrée il y a longtemps.

Grâce à ses analyses, il savait que ses taux de cholestérol et plusieurs autres indicateurs étaient au-dessus des limites, mais le plus inquiétant était le contenu du certificat médical. Gérard avait arrêté de fumer et ses oreilles étaient en bon état, mais il avait de la tension et un problème pulmonaire. Le médecin qui avait signé le certificat avait précisé dans ses observations que le patient était inapte à la pratique d'activités sous-marines. Quand j'ai lu ça pour la première fois, cela m'a rendue très triste. Il était évident que Gérard aimait la plongée, puisqu'il avait la licence, et j'ai alors supposé qu'il avait dû passer la visite médicale pour voir s'il pouvait continuer à plonger sur la Costa Brava, mais que ce n'était plus possible. La plongée devait être sa passion, mais sa santé le trahissait, pauvre Gérard.

Tout cela je pouvais bien sûr le savoir à travers les objets qui parlaient. Mais dans le portefeuille, il y avait aussi d'autres choses, de celles qui parlent seulement la langue secrète de leur propriétaire. Et c'est là que cela a commencé à m'obséder. Je le sais. Je sais que, comme je ne comprenais pas, je me suis mise à gamberger. Et alors, peu à peu, en essayant de comprendre quelle pouvait être l'histoire de Gérard, j'ai senti quelque chose d'étrange remuer dans mon estomac. Des centaines de fourmis en colère s'agitant à l'intérieur. Comme quand on met un doigt dans l'eau et qu'on commence à tourner et à tourner, en formant un tourbillon tout petit au début. Mais pas si petit ensuite.

La première chose qui m'a intriguée, c'est l'enveloppe. Le portefeuille contenait un bout d'enveloppe où on lisait : Carmen Roselló, avec une adresse à Sant Just Desvern, Barcelone. Cela a attiré mon attention parce que personne n'envoie plus de lettres, et que je me suis dit que c'était Gérard lui-même qui avait découpé ce petit morceau sur une lettre qu'il avait reçue pour conserver l'adresse et pouvoir envoyer une réponse.

Ensuite, il y avait les deux photos. La première, d'identité, était celle d'une femme plus jeune que Gérard. Derrière, il était écrit quelque chose de raturé au stylo noir. Je me suis dit que c'était une dédicace, mais malgré tous mes efforts, je ne suis pas arrivée à lire ce que ça disait. La personne qui l'avait raturée y était allée de bon cœur.

L'autre photo était plus grande, format 8 x 10 cm, et elle était pliée en deux. On y voyait un Gérard beaucoup plus jeune à côté d'une petite fille, assis tous les deux dans l'encadrement d'une porte. Sur ses photos d'identité, il avait l'air plus vieux, mais d'après les lunettes et les traits du visage, il était évident que cet homme, c'était lui. Et on voyait bien que la photo était ancienne.

Il y avait enfin la lettre, écrite presque entièrement en français, mais avec quelques phrases en espagnol. C'était ce qui m'avait coûté le plus de travail et je ne l'avais même pas comprise en entier, parce que c'est une chose de parler à peu près ou de lire des textes imprimés, et c'en est une autre, très différente, de comprendre quelque chose écrit à la main. Il s'agissait d'un brouillon, comme si la personne qui l'avait écrite ne trouvait pas les bons mots. Beaucoup des phrases en français avaient été barrées et réécrites autrement. Celles en espagnol avaient plusieurs mots soulignés et certains avec des fautes d'orthographe.

La lettre était écrite par un homme à sa fille. Ça, c'était clair. *Ma chère fille*, c'était comme ça qu'elle commençait. Et elle était écrite pour demander pardon d'avoir été un mauvais père. À plusieurs endroits et dans les deux langues, le mot était répété : *perdón, pardon, perdón, pardon*. Il s'était passé quelque chose qu'il voulait lui faire comprendre, même si je ne saisissais pas ses explications. Ce que je comprenais, parce que c'était écrit plusieurs fois, c'était qu'elle s'appelait Yamina et qu'il avait des regrets. *Je le regrette, Yamina*, écrivait-il.

Regrette, c'est l'un des premiers mots que j'ai appris en français, grâce à la chanson célèbre qui était dans la playlist qui m'avait permis de commencer à apprendre la langue : *non, rianderrian, non yénérrégréterrian…*

Après tous ces jours passés à analyser encore et encore ces objets, j'avais plusieurs hypothèses.

La petite fille de la photo devait être la fille de Gérard, Yamina, donc. Pour la femme sur l'autre photo, il y avait plus de possibilités. Cela pouvait être : sa femme, son ex, la mère de Yamina, Yamina elle-même adulte, ou une autre femme dont Gérard était amoureux. Et, logiquement, cela pouvait être cette Carmen Roselló qui, à son tour, pouvait être l'une de ces femmes possibles, excepté sa fille, qui était Yamina. Donc Carmen pouvait être la femme de Gérard, son ex, la mère de Yamina ou quelqu'un avec qui il avait eu une relation. À cela s'ajoutait le mystère des ratures au dos de la photo. Si c'était une dédicace, qui l'avait raturée, lui ou elle ?

Pour la lettre, l'auteur devait en être Gérard. Peut-être avait-il acheté les timbres qu'il avait dans son portefeuille pour poster la lettre à sa fille Yamina quand elle serait terminée. Ou, vu le bout de papier avec l'adresse de Carmen, peut-être les timbres étaient-ils destinés à lui envoyer la lettre à elle. Dans ce cas, Carmen était un élément important pour lui. La mère de Yamina ou quelqu'un proche d'elle. Bien sûr, existait aussi la possibilité que l'adresse de Carmen et les timbres soient là pour une tout autre raison.

En tout cas, la seule chose qui semblait claire était que Gérard écrivait à sa fille une lettre de remords.

Une lettre pareille pouvait-elle servir à quelque chose ? Moi, je ne le savais pas. Mais si lui le faisait c'était sûrement parce qu'il était convaincu qu'il devait le faire. Ou qu'il avait au moins l'espoir que cela pourrait lui servir à quelque chose.

Était-il possible qu'elle serve ? Je me le suis demandé des milliers de fois quand j'étais à la plage. Et sa fille ? Je me suis aussi demandé ce que pouvait bien penser Yamina. Qu'est-ce que tu fais si tu reçois une lettre pareille un beau matin ? Ça non plus je ne le savais pas. Tu dis merci ou tu envoies l'expéditeur se faire foutre ? Que pouvait bien penser Yamina de Gérard ? Et, au cas où elle recevrait la lettre, serait-elle capable de lui pardonner ?

J'ai ressorti du portefeuille la photo de Gérard avec la petite fille et je l'ai regardée un bon moment comme je l'avais si souvent fait. Ils étaient assis dans l'encadrement d'une porte d'un endroit quelconque. Elle le regardait. Mais lui regardait droit devant. On aurait dit qu'il me fixait derrière ses lunettes, c'était du moins ce que je m'obstinais à croire depuis que je n'arrêtais pas de regarder cette photo.

Sans doute parce qu'elle était restée longtemps pliée dans le portefeuille, il y avait une marque au beau milieu, de haut en bas. Comme une ligne de démarcation, fine mais parfaitement visible. Comme si lui et elle avaient été sur deux photos différentes ou comme si cette ligne était un filet de ping-pong qui servait à lui rappeler que chacun était d'un côté différent.

Je suis restée un bon moment les yeux fixés sur ceux de Gérard jusqu'à ce que j'entende sonner les cloches de la Sagrada Familia.

– On dirait bien que toi et moi, on va rester ensemble, hein, Gérard ? j'ai dit.

Il y a eu quatre coups de cloche à la suite. Puis un silence. J'ai remis la photo à sa place et je me suis levée. Mes voisins aussi avaient fini leur déjeuner et le bébé ne pleurait plus.

Quand les cloches se sont remises à sonner, j'ai rangé le portefeuille. Il n'y avait plus rien dans le sac en plastique que j'ai plié en triangle, comme je le fais toujours, et que j'ai mis dans l'autre poche. J'ai fait tout ça pendant que je comptais un à un les coups de cloche, jusqu'à douze. J'ai pris la bouteille d'eau sous le bras, ai lancé *goudebaï* au couple et suis partie.

Les cloches de la basilique se sont mises à jouer un air. J'ai levé les yeux vers la Passion. Il était clair que midi venait de sonner, mais j'ai voulu imaginer que tout ce raffut, c'étaient les applaudissements du public pour m'accueillir alors que je me dirigeais vers l'endroit où était le joueur de castagnettes pour me mettre à danser et que Raviel me voie.

Raviel, mon grand ami, la personne qui savait le plus de choses sur moi. Même s'il y en avait certaines qu'à l'époque je n'avais pas encore osé lui dire.

La deuxième fois où j'ai fugué pour aller commencer les cours de danse à Cienfuegos, quelqu'un m'a vue. Qui l'a dit à maman qui l'a dit à papa. Tragédie. J'ai été obligée de leur raconter l'histoire des cours de danse et ils ont poussé de hauts cris.

Il y a ensuite eu une période de va-et-vient. Presque une danse. Je fuguais à Cienfuegos pour aller aux cours. Je retournais à Renamagua pour me prendre des engueulades. J'ai lavé du linge, beaucoup de linge, des montagnes de linge. J'ai volé des poulets et des fruits de la maison, que je revendais en ville ou avec lesquels je payais directement la prof. Je me suis pris des engueulades, beaucoup d'engueulades, des montagnes d'engueulades.

Je fuguais à Cienfuegos. La prof m'obligeait à faire des efforts. J'ai pris confiance. J'ai su que mon corps serait le bateau qui m'emmènerait partout. Ma chair, mes muscles, toutes mes artères devaient être au service de la danse. Dans mon sang circulait cette couleuvre que j'avais sentie dès l'enfance et à laquelle je ne voulais pas renoncer.

Un jour, papa m'a surprise alors que je sortais de la maison avec un sac à dos et il a crié que soit je le respectais, soit il changeait de nom. Finies mes petites escapades. Il a dit que sa fille était devenue une voleuse, une voleuse de sa propre famille et que ça il n'était pas question qu'il le permette. Et vu que la manière douce ne fonctionnait pas, il a juré qu'il allait une fois pour toutes me couper les ailes.

Et il l'a fait.

C'est là qu'il a mis un cadenas à la porte et m'a enfermée dans ma chambre. J'ai pleuré. J'ai beaucoup pleuré. La journée, je restais enfermée. Ils me laissaient sortir pour regarder la télé seulement le soir, quand papa était rentré du travail. Maman m'apportait à manger et restait un peu avec moi pour me seriner son refrain : ils ne voulaient que mon bien, je finirais par les remercier, je devais me décider une bonne fois à faire des études ou à me chercher un travail, mais quelque chose de sérieux, comme disait papa. Ou alors tu veux passer ta vie à laver le linge des voisins ? Maman n'arrêtait pas de parler. Moi, je l'écoutais allongée sur mon lit, je n'avais pas envie de me lever. Bref, je regardais le manguier à travers la fenêtre, en agitant la chaînette de Maïkel que je portais toujours à la cheville.

Dès qu'elle finissait par s'en aller, je commençais à pleurer. Je pleurais toutes les larmes de mon corps. J'avais la haine, je marmonnais des insultes tout en voyant par la fenêtre le manguier en train de perdre ses fruits.

Un après-midi, maman s'est assise sur mon lit, et au lieu de reprendre son sermon, elle a dit qu'elle voulait me poser quelques questions et qu'il fallait que je lui réponde. Elle a commencé par me demander si je fuguais seulement pour aller aux cours ou si je n'avais pas un petit ami caché quelque part, et a poursuivi avec tout un interrogatoire. J'étais fatiguée. J'ai répondu. J'ai fini par lui dire que j'avais couché avec un garçon à Cienfuegos, parce que je n'étais plus une enfant. J'avais seize ans. Et c'était quand la dernière fois que j'avais eu mes règles ?

Quand elle m'a posé la question, je me suis rendu compte que je n'en savais rien. J'ai eu peur. J'avais été tellement prise par tout le reste, les cours, mes escapades, puis l'enfermement, que j'étais incapable de lui répondre parce que tout simplement je ne m'en souvenais pas. Il y a un, deux, trois mois ? Je ne m'en souvenais pas. Et j'ai commencé à avoir très peur.

Maman a failli faire un malaise. Elle a levé les bras en me demandant pourquoi je lui faisais ça, pourquoi, et elle m'a redit que si je n'avais pas réussi à la tuer pendant qu'elle me mettait au monde, j'allais y arriver un jour, Sainte Vierge, au secours. Ses lamentations terminées, elle a poussé un grand soupir et a dit qu'il fallait que nous allions voir un médecin. Et la seconde partie de l'interrogatoire a commencé. Maman a voulu que je lui donne tous les détails sur le garçon avec qui j'avais été, qui c'était, où il habitait, si je connaissais sa famille. J'étais tellement nerveuse que j'ai fini par tout lui raconter. Je n'avais reçu aucune nouvelle de Maïkel. Et je n'avais même pas revu son cousin. Elle s'est alors levée du lit, en tenant l'interrogatoire pour terminé.

Dieu veuille que ce ne soit pas ce que je m'imagine, mais il vaut mieux que ton père n'en sache rien pour le moment, a-t-elle conclu pendant que je me répétais en moi-même : ce n'est pas possible, ce n'est pas possible, ce n'est pas possible.

Maman a dit à papa que sa parente de Cienfuegos était malade et que comme elle n'aimait pas voyager seule, elle voulait que je l'accompagne. Elle lui a juré qu'il n'y aurait pas de problème parce que je lui avais promis de bien me comporter. Je ne sais pas ce qu'elle a inventé d'autre, mais papa est venu me dire qu'il espérait ne pas avoir à regretter de m'avoir fait confiance.

Deux jours plus tard, maman et moi avons grimpé dans un camion pour aller à Cienfuegos, évidemment pas pour rendre visite à une parente, mais pour aller consulter un médecin, très loin du village.

Quand j'ai eu la confirmation que j'étais enceinte et qu'il était trop tard pour interrompre la grossesse, j'ai senti comme si on m'avait planté une fourchette en pleine poitrine. Un enfant ? Mais qu'est-ce que j'allais bien pouvoir foutre avec un enfant ? Moi je ne voulais pas d'enfant.

En sortant de la consultation, maman m'a pris la main et on a marché en silence. Elle avait une tête à faire peur. J'ai commencé à avoir froid. Il y avait pourtant du soleil, mais j'avais froid, et même du mal à respirer. J'avais la tremblote à l'intérieur. Si fort que j'ai dû m'arrêter et obliger maman à faire de même. Moi je ne veux pas de ça, je lui ai dit. Elle m'a regardée un petit moment puis s'est approchée au plus près pour que les passants n'entendent pas.

– La ferme ! Ferme ta bouche si tu n'as pas été fichue de fermer tes jambes !

Elle a cessé de me regarder et, en me tirant par la main pour qu'on reparte, elle a ajouté que j'avais intérêt à me préparer parce qu'il fallait mettre papa au courant. C'était une chose de lui cacher un soupçon pour lui éviter de s'en faire, mais la vérité, il fallait bien qu'elle la lui dise. On marchait. Moi en me faisant traîner. Elle en murmurant des choses que j'avais du mal à entendre, il était question de honte, de danse et de Sainte Vierge.

Comme à l'aller, le camion du retour était plein à craquer. Les gens se balançaient dans les tournants. On ne parlait pas. Et pendant tout le trajet je me suis imaginé qu'avec tous ces cahots, ce que j'avais à l'intérieur de moi parvenait à sortir, à sauter en chemin, à aller se faire foutre le plus loin possible de moi.

Quand on est arrivées à la maison, j'ai été direct dans ma chambre et je suis restée debout devant la fenêtre à regarder dehors. Très vite j'ai perçu les voix, les mouvements et les pas s'approchant de la porte. Maman n'avait pas fermé le cadenas après m'avoir vue entrer et moi je n'avais pas mis le loquet à l'intérieur. À quoi bon ?

Papa est entré fou de rage. Maman était derrière lui. Il m'a incendiée : et que sa fille unique était une pute, et qu'aller danser et vagabonder avec des vauriens ça ne pouvait que mal finir, et qu'il fallait que je lui dise qui était le fils de pute qui m'avait mise enceinte parce qu'il allait devoir assumer. Putain, mais c'est qui ce mec ? il a demandé en donnant un coup contre le mur qui a résonné dans tout mon corps. Je n'ai pas pu parler. C'est maman qui l'a fait. Elle a dit que c'était un garçon de La Havane, que j'avais connu par hasard, un soir seulement, et qu'il n'y avait pas moyen de le localiser. Là, papa a recommencé à me balancer tout un tas de trucs, putain, dévergondée, etc., jusqu'à ce que maman lui pose une main sur l'épaule pour lui demander de sortir de la chambre parce que avec tous ces cris, il était bien possible que les voisins entendent et que ça serait encore pire, une tragédie. Alors papa a donné un autre coup de poing contre le mur et, avant de sortir, a murmuré entre ses dents que si ce fils de pute ne voulait pas assumer, lui ne voulait pas de pute chez lui. Et il est sorti.

Maman l'a suivi, elle a fermé la porte. Moi, je n'ai pas bougé. Tout ce que je voulais, c'était me tirer pour toujours, me transformer en oiseau et m'envoler par la fenêtre.

Au fond, c'était aussi ce qu'ils voulaient, eux. Non ? J'ai écarté les bras de mon corps pour éviter tout contact. La seule idée de poser une main sur mon ventre me dégoûtait. Il y avait quelque chose dedans, et ce quelque chose, je n'en voulais pas.

Cette nuit-là je l'ai passée à moitié morte. Maman est revenue plus tard m'apporter à manger, mais on ne s'est pas parlé. J'étais sur le lit, étendue sur le dos, les bras bien écartés pour ne surtout pas effleurer ma peau. Je ne voulais pas. Cette nuit-là, je n'ai pas mangé et pratiquement pas pu dormir, parce que j'avais peur. De moi et de mon corps. Mais j'ai pleuré. J'ai beaucoup pleuré mais je n'ai pas passé la main sur mon visage pour essuyer les larmes et la morve, parce que je ne voulais pas me toucher. Je ne voulais pas.

La seule chose au monde que je voulais, c'était danser.

Quand je suis arrivée à l'endroit où était le joueur de castagnettes, il ne m'a pas reconnue. Quand je me suis approchée, il a refait la même chose : il a bougé une main pour montrer les objets étalés sur la couverture et il a joué des castagnettes pour moi. Je lui ai souri poliment et j'ai continué jusqu'à l'arbuste planté dans un grand bac un peu plus loin. J'ai posé à côté la bouteille d'eau, pour qu'elle soit un peu protégée du soleil.

Je me suis éloignée de quelques pas. J'ai fermé les yeux pour me concentrer. Et puis j'ai levé les bras et commencé à danser.

Quand tu danses, le monde disparaît.

Pas besoin de musique. Non, *rianderrian*, comme disait la chanson française. Je pouvais danser au rythme des bruits de la rue, d'une mélodie intérieure ou même du monotone et insistant claquement des castagnettes maladroitement jouées.

La vérité vraie, pour danser je n'ai jamais eu besoin de musique. Je m'y suis habituée depuis que j'étais petite. Quand maman a commencé à me donner des tapes sur la tête chaque fois qu'elle me voyait en train de me livrer à des singeries indécentes, comme elle disait, j'ai eu l'idée de me cacher derrière le manguier. Je croyais que là personne ne pourrait me voir. Je fermais alors les yeux et en me laissant porter par la nature, je levais les bras, je ployais le dos et je remuais mon corps comme si tout ce qui m'entourait n'avait existé que pour moi : le chant des oiseaux, *prr-prr-prr*, les voix des gens au lointain, *bla-bla-bla*, le moteur d'une voiture, *vroum-vroum*, le bourdonnement d'une mouche, *bzzz* ou les feuilles par terre que je piétinais, *scratch-scratch*. Tout se convertissait en musique pour mes danses.

À la Sagrada Familia, cet après-midi-là, tout a été rigoureusement pareil. De façon presque involontaire, mon corps s'est mis à suivre le rythme des castagnettes, comme sur un tablao flamenco improvisé, sauf que ça n'avait rien à voir avec un tablao ni avec le flamenco. Je dansais sur mes rythmes, avec mes pas, ce qui surgissait de ma peau. Et tout, autour de moi, se transformait en musique pour mes improvisations.

– Hé, toi, pourquoi tu vas pas voir ailleurs ?

Au début, je n'ai pas compris que la phrase s'adressait a moi, mais en me retournant, j'ai vu que le joueur de castagnettes me regardait d'un air très sérieux. Je me suis arrêtée.

Je m'étais inventé une chorégraphie simple, avec des mouvements doux, en faisant attention de ne pas occuper trop de place. Il était dans son espace et moi dans le mien.

– Qu'est-ce qu'il y a ? je lui ai demandé.

– Tu fais fuir les clients.

Des personnes qui s'étaient arrêtées devant moi sont reparties. Elles n'avaient pas l'air d'avoir l'intention d'acheter des éventails ni rien de ce qu'il vendait, mais le joueur de castagnettes voulait que je m'en aille. J'ai regardé autour de moi.

– Si ça vous dérange, je peux me mettre un peu plus loin.

– Et pourquoi tu irais pas ailleurs ? Va-t'en, va-t'en.

Je l'ai observé. Il parlait avec un accent qui ne me disait pas grand-chose. Impossible de déterminer son pays d'origine, mais sa langue maternelle n'était en tout cas pas l'espagnol. Il était brun avec des cheveux courts, plutôt petit et mince. Il pouvait vraiment être de n'importe où. Mais la couverture étalée sur le trottoir était presque un symbole des vendeurs de rue à la sauvette. Je me suis approchée.

– Si j'appelle la police, tu vas être obligé de partir en courant avec tous tes trucs, je lui ai dit à voix basse. Je vais continuer à danser un peu plus loin. Je promets de ne pas te déranger, ok ?

Il m'a regardée un petit moment avant de me répondre "d'accord". Je lui ai souri et je suis retournée où j'étais. J'ai bu un peu d'eau et j'ai reposé la bouteille. Même si ce type m'embêtait, il ne fallait pas que je m'en éloigne. À l'endroit choisi, j'ai levé les bras, je me suis concentrée et j'ai recommencé à danser.

Quand tu danses, le monde disparaît.

Un après-midi où je dansais à l'abri du manguier, il a commencé à pleuvoir. Doucement d'abord, comme dans la chanson, *plic-ploc*. Je devais avoir onze ans. Les gouttes me tombaient dessus, mais j'ai continué à danser. La pluie est tombée plus fort, *ploc-ploc-ploc*, et, je ne sais pas pourquoi, ça m'a donné encore plus envie de continuer. Comme si la pluie avait été la sueur de mon effort. J'étais la grande danseuse universelle sur la scène d'un grand théâtre. Il pleuvait de plus en plus, *ploc-ploc-ploc-ploc*. Le sol est devenu boueux et mes pieds plus lourds, mais ça me faisait rire et c'est pour ça que j'ai continué. *Plouf, ploc-ploc-ploc, pshh-pshh. Wouuuh*, faisait le vent.

À un moment, c'est devenu trop, c'était un vrai déluge. Les bras serrés contre la poitrine je me suis mise à courir vers la maison. Mais la porte était fermée. J'ai frappé. Le vent agitait les branches du manguier. *Wouuuh*. J'ai frappé plus fort mais personne n'a ouvert la porte. Je me suis accroupie et j'ai essayé de me faire toute petite pour être à l'abri de l'auvent.

Je suis restée là tout le temps de l'averse. Quand elle a cessé, maman a ouvert la porte et je me suis levée d'un bond. Elle m'a regardée de haut en bas. J'étais trempée, sale et toute tremblante. Elle m'a dit que j'étais complètement irresponsable, que la robe que je portais, elle l'avait confectionnée avec un tissu trouvé presque par miracle, mais que tout ce qui m'intéressait, c'était de faire mes singeries. Je n'avais qu'à enlever ma robe et la laver dans la cour. Pas question que j'aille saloper la maison. Avant d'entrer, il fallait me rincer avec le tuyau d'arrosage et me sécher. Elle m'a donné une serviette et est partie en râlant.

La seule chose au monde que je voulais, c'était danser. Faire que mon corps soit mes mots, que mes mains disent, que mes pieds s'éloignent un peu du sol et s'envolent, comme mes oiseaux. Et qu'ils m'emmènent loin, parce que quand tu danses, le monde disparaît.

J'ai arrêté de danser.

Les cloches de la Sagrada Familia ont sonné. Pendant que je dansais, je m'étais guidée sur elles pour faire de petites pauses, le temps de boire un peu d'eau et de manger un carré de chocolat. Mais je n'en pouvais plus. Raviel n'était pas apparu. Je me faisais pipi dessus et j'étais en sueur. Heureusement, j'avais dans une poche un paquet de mouchoirs en papier pour m'essuyer, mais j'avais besoin d'un peu de repos. J'ai regardé le vendeur de castagnettes.

– Excuse-moi, tu sais l'heure qu'il est ? j'ai demandé au moment même où sonnait un coup de cloche, puis un deuxième.

– Deux heures, t'as pas entendu ?

Depuis le temps que le type devait être à cet endroit, il connaissait par cœur les sonneries de cloches, mais moi j'étais nouvelle. Je lui ai souri plus ou moins aimablement juste quand commençait une nouvelle musique avec les cloches.

– Merci, à plus, je lui ai dit, en mettant la bouteille vide sous mon bras, et je suis partie à la recherche de toilettes.

J'avais vu une cabine de toilettes publiques près du café où j'avais pris mon petit-déjeuner. Comme j'avais envie, je n'ai pas perdu de temps à en chercher une autre plus proche, et j'y suis allée direct, mais en arrivant, il est arrivé ce que je m'étais imaginé : ce n'était pas gratuit. Ce n'était pas très cher, mais je ne pouvais pas me permettre de dépenser pour ça. Je n'ai pas eu d'autre choix que de continuer à chercher. Je suis passée devant le café, où je savais que les toilettes étaient réservées à la clientèle. J'ai continué et j'ai alors vu la bibliothèque. Parfait : qui dit bâtiment public dit toilettes publiques. Ça, je l'avais appris il y a longtemps.

Après avoir fait pipi, je me suis rafraîchie. Cela fait des années que j'ai les cheveux très courts. J'ai mis la tête sous l'eau et je me suis ébrouée. Je me suis lavé les aisselles du mieux que j'ai pu. Heureusement j'avais mis mes tennis à la place de sandales, comme ça mes pieds n'allaient pas se couvrir de crasse. J'ai passé mes bras sous l'eau et me suis plus ou moins séchée avec mon blouson. Après l'avoir de nouveau attaché autour de la taille, je me suis regardée dans la glace. Le seul bijou que je portais, c'étaient les petites boucles en argent aux oreilles, parce qu'elles au moins je ne les enlevais jamais. À part ça, pas une chaînette ni un petit collier, rien. Mais je n'avais pas l'air si mal. La vérité vraie, malgré tout ce que j'avais transpiré, je n'ai pas trouvé que j'avais une sale tête.

Je me suis dit alors que je pourrais rester un moment à la bibliothèque parce qu'à cette heure-ci, avec la chaleur qu'il faisait, je n'imaginais pas Raviel penché à son balcon et encore moins en train de se promener.

Ils avaient peut-être même le livre qu'on m'avait volé avec mon sac.

Moi, ce que je préfère lire, ce sont les choses en lien avec la danse, des biographies de danseuses, des récits avec des anecdotes curieuses. Raviel m'avait recommandé un livre, d'un certain Hugo Miller, sur des personnages féminins dans les différents domaines artistiques. À Llançà j'avais seulement terminé le chapitre sur la danse, et je me suis dit que je pourrais peut-être le trouver là, mais j'ai changé d'avis. Si je restais pour lire quelqu'un pourrait plus tard se souvenir de moi et je n'en avais pas envie. Comme j'allais sûrement retourner à ces W-C, je préférais être invisible. J'ai terminé mon brin de toilette, j'ai rempli ma bouteille d'eau et je suis sortie de la bibliothèque.

Dehors j'ai fait un petit tour, toujours à la recherche de l'ombre. Le secteur est saturé de petites boutiques qui vendent presque toutes les mêmes objets en céramique : salamandres, figurines, mugs. J'ai fini par entrer dans une qui était plus grande et climatisée. J'ai flâné d'un étalage à l'autre et j'ai fini par m'arrêter devant un présentoir où étaient accrochés un tas de foulards colorés. J'en ai pris un que j'ai déplié sur mes épaules et je me suis regardée dans le miroir en face.

Ce foulard ressemblait beaucoup à celui que l'on m'avait volé, une étoffe douce, ample, avec de fines rayures de couleur. Le mien je le mettais au moindre signe de fraîcheur, quelle que soit la saison. Et même si l'hiver je portais une écharpe, je mettais parfois le foulard par-dessus parce que ses couleurs étaient vives. C'était la première chose que j'avais achetée à mon arrivée à Marseille et c'était la deuxième fois que je le perdais.

J'ai toujours été impressionnée par l'histoire d'Isadora Duncan, montée en voiture avec un châle autour du cou ; le châle était très long, il s'est pris dans la roue et elle est morte étranglée. C'était pour ça que jamais de la vie je ne montais dans un véhicule avec quelque chose enroulé autour du cou. Et justement à cause de ça, une fois, à Madrid, en descendant du bus, je me suis rendu compte que j'avais laissé mon foulard sur le siège.

Quand je l'ai raconté à Javi, il m'a dit que je pouvais essayer d'aller voir aux Objets perdus. Je ne savais pas qu'un truc pareil pouvait exister, mais maintenant je sais. Je sais qu'il existe des endroits qui semblent avoir été créés pour mettre à l'épreuve l'honnêteté des gens. Il y a des gens qui trouvent des choses et les rapportent aux Objets perdus. Si l'on perd un objet et qu'on a la chance que quelqu'un de bien le trouve, alors on peut le récupérer.

J'ai fait ce que Javi m'avait suggéré. Je n'y croyais pas trop, mais j'ai quand même appelé le service des Objets perdus de la compagnie des bus madrilènes, où ils ont pris note et m'ont demandé de rappeler quelques jours plus tard. Je l'ai fait et ils m'ont dit alors qu'un chauffeur de la ligne que j'avais empruntée avait rapporté quelque chose qui pouvait être mon foulard. Je n'arrivais pas à y croire. Ils m'ont expliqué le mécanisme : l'objet est déposé dans un bureau où sont rassemblées des choses trouvées dans différents bus, de là elles sont transférées à un autre bureau, et finalement elles arrivent au bureau central.

Ils m'ont demandé de rappeler pour suivre les étapes successives. J'étais très émue. Le seul problème, c'était qu'à chaque appel on exigeait des descriptions de plus en plus précises de l'objet perdu. Pour moi, c'était juste un grand foulard avec des rayures colorées, mais selon la personne qui répondait au téléphone, ma description pouvait correspondre à un foulard, un carré d'étoffe, un châle, une étole et même une écharpe. Chaque interlocuteur me demandait la taille, l'étoffe, les couleurs, le prix. Cela me rendait un peu nerveuse mais au bout du compte ça en valait la peine parce que je l'ai récupéré quinze jours plus tard. Incroyable. Quelqu'un d'honnête avait trouvé mon foulard dans le bus, l'avait donné au chauffeur et, après un long voyage, mon foulard m'était revenu.

Je me suis souri dans le miroir. Le foulard que j'avais essayé ressemblait au mien. Oui, mais ce n'était pas le mien. Et je n'avais pas non plus d'argent pour l'acheter, je l'ai donc enlevé pour le remettre à sa place. Le mien, je venais de le perdre. Une personne malhonnête avait volé mon sac et mon foulard était à nouveau parti, mais cette fois c'était peut-être définitif. Parce que perdre et voler, ce n'est pas la même chose, me suis-je dit en posant la main sur la poche de mon pantalon pour sentir le portefeuille de Gérard.

Existait-il un bureau des Personnes perdues ?

J'ai passé encore un moment dans la boutique pour profiter de l'air conditionné avant de repartir vers l'endroit où était le joueur de castagnettes. Il n'a pas été surpris de me voir arriver. Je l'ai salué avec le sourire et il m'a répondu, mais sans sourire, juste d'un hochement de tête.

Je lui ai tourné le dos pour poser la bouteille par terre et, en me redressant, j'ai bougé plusieurs fois le cou d'un côté à l'autre. J'ai alors fait quelques pas pour m'éloigner un peu de l'arbuste, je me suis concentrée et je me suis remise à danser.

Quand tu danses, le monde disparaît.

S'il existe un bureau des Personnes perdues, je voudrais bien l'adresse.

Le jour où j'ai appris que j'étais enceinte a été très sombre. Le lendemain matin, maman m'a apporté un café et s'est assise sur le lit. Il était tôt. J'étais pratiquement dans la même position où elle m'avait laissée, allongée les bras écartés et les yeux au plafond. Elle m'a demandé comment j'avais dormi et je lui ai dit : bien, sans la regarder. Si j'avais mal quelque part et je lui ai dit que non. Elle a voulu savoir si “ce” Maïkel, comme elle a dit, était vraiment à La Havane et n'allait pas me faire d'ennuis. Je lui ai répondu ce que je lui avais déjà dit, que je n'étais plus en contact avec lui. Et toi, tu ne veux pas ça, hein ? Du coin de l'œil, j'ai vu qu'elle pointait mon ventre et là je n'ai même pas ouvert la bouche, j'ai juste fait non de la tête. Elle a poussé alors un soupir, en disant qu'il y avait un moyen d'arranger les choses.

Maman a toujours voulu avoir beaucoup d'enfants, mais quand elle est tombée enceinte de moi, on lui a découvert un problème. Elle m'a expliqué que comme papa, quand il partait, allait voir ses poules, il lui avait un jour refilé une saleté, une de ces maladies qui se soignent mais quelquefois pas complètement, et que bref ça lui avait déglingué quelque chose. Elle avait eu une grossesse à risque et son accouchement avait été une torture. Là, elle en a profité pour me rappeler que j'avais failli la tuer à ma naissance et blablabla. Le plus terrible pour elle a été d'apprendre qu'après moi elle ne pourrait pas avoir d'autres enfants. Le comble, c'est ce qu'elle a dit, le comble, c'était que j'étais comme j'étais, pas besoin de se raconter des histoires, toutes les deux on n'avait jamais eu de bonnes relations, mais c'étaient des choses qui arrivaient. Qu'est-ce qu'on y pouvait ?

Après m'avoir balancé tout ça, elle a poussé un nouveau soupir.

– Ton père comme toi, vous me devez quelque chose, a-t-elle affirmé. Je peux m'occuper du bébé, mais comme si c'était le mien.

Quand je l'ai entendue dire ça, il a bien fallu que je la regarde. Elle me regardait. Elle a dit qu'au départ, papa n'était pas d'accord, mais qu'après avoir passé une bonne partie de la nuit à en discuter et même à se disputer, il avait fini par accepter. Il le lui devait.

Elle voulait le bébé comme si c'était le sien. En échange, papa enlèverait le cadenas à ma porte et ils ne feraient plus rien pour contrarier mes projets de danse. Au contraire, elle m'aiderait tant qu'elle pourrait. Si je voulais faire des études de danse, danser au Tropicana, tout ce que je voudrais, elle m'aiderait, même si la priorité, bien sûr, c'était mon ventre.

– Ça te paraît bien ?

Je suis restée interloquée. Même si je sais, je le sais parfaitement, que la seule chose à ce moment-là qui m'a traversé l'esprit, c'est un mot : liberté. Maman me libérait et ça m'a rendue très heureuse. Tellement que je me suis redressée d'un coup pour l'embrasser et lui dire en pleurant que oui, je trouvais ça bien, que je lui devais bien ça et que j'allais lui redonner tout ce que je lui avais pris.

Elle a posé sa main sur ma tête. Elle m'a laissée pleurer tout en murmurant que personne, absolument personne ne devait le savoir, en dehors du tout petit nombre de gens concernés. Qu'on n'était pas censés faire ce genre de choses. Et que donc, pour le bien de tous, nous devions garder le secret. Mon ventre allait grossir très loin de Renamagua et elle me demanderait ensuite juste un peu de temps pour que j'allaite le bébé. Je ne devais pas m'inquiéter, elle allait s'occuper de tout.

C'est ce qu'elle a fait à partir de là. S'occuper de tout. Je n'ai eu qu'à suivre le livret. Maman a commencé par raconter aux voisins que nous allions nous installer un temps à La Havane pour faire des démarches en vue de mes études de danse. Papa avait brisé le cadenas de ma porte d'un coup de machette et je pouvais sortir mais je restais dans le jardin parce que maman m'avait dit que, même si ça ne se voyait pas, il valait mieux que je ne me montre pas trop dans le coin. Et j'ai obéi, je suis restée à la maison jusqu'à ce qu'elle annonce que tout était prêt.

Nous sommes allées à La Havane, chez une cousine à elle qui vivait seule, elle était veuve et ses enfants avaient quitté le pays. C'était la première fois que j'allais à la capitale, mais je n'ai pratiquement rien vu, parce que nous étions dans la périphérie. Tous ces mois ont été très bizarres. Papa venait souvent nous rendre visite. Il ne m'adressait pratiquement pas la parole, et il semblait fâché contre maman, mais il était comme ça, silencieux pendant les repas. En fait, les seules à parler, c'étaient maman et sa cousine. Papa et moi n'avions rien à dire.

Oui, c'était une période vraiment bizarre. Maman était comme folle. Une fois elle s'est même mis un faux ventre pour aller avec papa au village et commencer ainsi à préparer les voisins. Quelle actrice elle aurait pu être ! Des jours bizarres. J'étais furieuse contre mon corps alors que maman n'arrêtait pas de vouloir me toucher. Elle s'était transformée en mère aimante, mais son amour n'était pas pour moi. Je le savais. Il était pour ce qui grandissait à l'intérieur de moi.

Clarita est née un jour nuageux. Un accouchement normal, d'après le médecin. Je ne sais pas, je n'ai pas vécu d'autre accouchement. Pour moi, ça a été une chose étrange, désagréable mais en même temps libératrice.

Maman a donné au bébé le prénom de sa grand-mère, celle qui avait eu quinze enfants, et elle a été déclarée avec mes noms de famille. Je crois que je n'avais jamais vu une satisfaction pareille sur le visage de ma mère. On aurait dit qu'elle allait exploser de joie. Papa, lui, était toujours silencieux. Moi, je trouvais très étrange que le petit corps qui criait ait pu être à l'intérieur de moi et, la vérité vraie, ça me dégoûtait de devoir la faire téter. Le contact, peut-être. Je n'ai jamais pu bien définir ce que je ressens. Moi, je devais l'allaiter et ensuite maman se chargeait de l'endormir dans le fauteuil à bascule. Elle chantait à voix basse, elle lui disait des choses avec cette petite voix ridicule que prennent les gens quand ils parlent aux bébés. Dans ses bras, la petite fille semblait à l'aise. Avec moi elle pleurait, avec elle non. Clarita m'était aussi étrangère que je l'étais pour elle.

Quand elle a eu trois mois, maman a décidé qu'il était temps de rentrer au village. Le manguier était à nouveau couvert de fruits. J'y ai passé l'été, comme si j'étais en vacances, alors que, en réalité, ma seule fonction était d'être une mamelle.

Les mangues ont commencé à tomber.

En septembre, j'ai dit que je voulais aller à Cienfuegos pour parler à ma prof de danse et voir comment rattraper ce que j'avais manqué. Papa a regardé ailleurs. Mama m'a soutenue. Mais quand je suis arrivée, il était trop tard. La prof a écouté tous les bobards que je lui ai servis pour justifier mon absence. Son visage était à peu près celui de quelqu'un qui entendrait vaguement au lointain couler un filet d'eau dont plus personne ne remarque l'existence. Quand j'ai terminé, elle m'a dit qu'elle était désolée mais que j'aurais beau me préparer, il était trop tard pour intégrer l'école nationale. J'avais dépassé l'âge, elle a dit, et moi je me suis effondrée.

Cela a été terrible. J'ai tellement versé de larmes que la prof a dû me consoler. Elle m'a dit qu'il existait d'autres académies, elles n'étaient pas gratuites, mais c'était une option. À La Havane, il y avait plus de possibilités. Elle pouvait même me donner certains contacts si cela m'intéressait vraiment, mais elle n'aimait pas qu'on lui fasse perdre son temps.

Je suis rentrée à la maison. Et il s'est produit quelque chose en moi. Clarita pleurait. Ses sanglots résonnaient parfois dans ma tête comme les toc-toc-toc d'un pivert. Je la voyais avec maman et je me demandais si ce n'était pas à moi de la bercer, à moi de chanter pour elle et de prendre une petite voix ridicule pour lui dire des choses encore plus ridicules. D'autres fois, ce n'était pas du tout pareil. Ses cris servaient seulement à me rappeler ce que je n'avais pas pu faire et mon corps se révoltait. Je la regardais méchamment. Je voulais qu'elle se taise. Qu'elle disparaisse de ma vue. Qu'elle aille en téter une autre. Alors j'ai eu peur. Je ne voulais pas être la mère de Clarita, mais je ne voulais pas non plus qu'elle soit ce que j'avais été, moi, pour ma mère. Je ne voulais pas la détester, ni la culpabiliser. La seule chose au monde que je voulais, c'était danser.

Un soir papa m'a dit que si c'était décidément la seule chose que je voulais, alors il valait mieux que je m'en aille une bonne fois pour toutes.

Nous regardions la télévision et ils passaient une émission culturelle. Maman était dans le fauteuil avec Clarita dans ses bras, en train de la bercer doucement. La première chose qu'ils ont diffusée, c'est une chorégraphie de Marianela Boán. Je me souviens de ça et du fait que je n'ai pas pu la regarder jusqu'à la fin. J'étais concentrée sur l'écran quand papa m'a demandé si c'était vraiment ça que je voulais. Je me suis tournée vers lui, qui regardait toujours l'écran, et je lui ai répondu. En m'entendant, il s'est levé, et là il m'a regardée. Ça faisait longtemps qu'il ne m'avait pas regardée en face. Il m'a dit alors que je devais m'en aller une bonne fois pour toutes, qu'ils n'avaient pas besoin de moi. Il a dit ça, il a regardé Clarita et il a fait quelques pas pour s'approcher du fauteuil. La petite fille s'était endormie. Papa lui a caressé le visage et l'a regardée un moment avant de faire demi-tour et de sortir de la pièce. C'est seulement quand on a entendu la porte de la chambre se refermer que maman a cessé de se balancer et très doucement a tendu la main pour me toucher.

– Pars tranquillement, ma fille, il faut que chacun soit là où il doit être.

J'ai quitté Renamagua en sachant que je n'y reviendrais qu'en visite. Le manguier n'avait de nouveau plus de fruits et entre mes seins cicatrisaient les trois oiseaux que je venais de me faire tatouer. J'étais libre. Prête pour un nouvel envol.

Je n'avais jamais raconté à Raviel cette partie de mon histoire. J'ai tenu la promesse que j'avais faite à maman de garder le secret. En plus, je savais que Sergio et lui voulaient être parents, qu'ils pensaient adopter, et je ne sais pas, l'idée que moi je n'avais pas voulu alors que lui devait adopter me faisait honte. Mais j'étais arrivée à un point où j'étais fatiguée de tous ces secrets et ces mystères. Il fallait que je sois moi-même. Et c'est pour ça que, tandis que je dansais à côté de la Sagrada Familia dans l'espoir de le retrouver, j'avais pris la décision que j'allais lui raconter. Raviel était mon ami. À lui j'avais besoin de dire la vérité.

À la fin de l'après-midi, je connaissais le rituel des cloches. Peu après la séquence de sept heures, le joueur de castagnettes a rassemblé ses affaires et est parti. Le flot de touristes avait diminué.

À neuf heures, j'ai cessé de danser. J'étais fatiguée et je ne voulais pas courir le risque que le supermarché soit fermé. J'ai levé la tête pour parcourir les balcons du regard. Raviel devait habiter dans un de ces appartements. À cette heure-là, il était peut-être en train de préparer le dîner à moins que, comme c'était prévu au début, il ne soit allé dîner dehors avec son mari. De toute façon, il n'avait pas bu un verre sur son balcon, et s'il l'avait fait, il ne m'avait pas vue.

Je me suis dit que demain il faudrait demander au joueur de castagnettes s'il se mettait toujours au même endroit. Au cas où le type change de place et que je me sois raccrochée au mauvais coin de rue. Mais ça, ce serait pour demain. Pour l'heure, mon spectacle était fini.

J'ai ramassé mes affaires et je suis allée au supermarché que je connaissais. J'ai acheté une baguette, de la mortadelle et une brique de lait. Au moment de payer, je me suis dit que si ce n'était pas loin, je pourrais aller manger sur la plage. Regarder la mer est une vieille habitude, et comme à Madrid ce n'était pas possible, je voulais profiter de l'occasion. En plus, j'avais passé presque toute la journée à voir la même chose et cela me ferait un changement d'air, même pour pas longtemps.

Comme je n'avais pas la moindre idée d'où était la mer, j'ai demandé à la caissière qui m'a dit comment y aller en transport public. Elle a terminé en pointant la direction de son index gauche à l'ongle long.

– Et on peut y aller à pied ? j'ai demandé.

– À pied, ma belle, on peut aller jusqu'en Chine, mais ça fait loin. Tu ne crois pas ?

Je l'ai remerciée. Si la mer était loin, j'étais fichue de ne pas retrouver le chemin de retour et de me perdre encore plus. Pas question : non, *rianderrian*, la plage, c'était une mauvaise idée. Je suis sortie du supermarché et suis allée dans un petit parc que j'avais découvert dans une de mes explorations du jour. Il n'était pas loin, mais pas non plus à côté de la Sagrada Familia. L'idée était de rester sur le territoire de Raviel, mais en changeant un peu d'air.

Au centre du parc il y avait un espace circulaire qui paraissait destiné aux chiens, en tout cas c'était l'usage qu'en faisaient les gens, quand je suis arrivée plusieurs chiens étaient en train d'y jouer tandis que trois personnes discutaient debout. J'ai continué mon chemin jusqu'à un banc plus éloigné. Je me suis assise et j'ai sorti mes courses. J'avais de quoi me faire deux sandwichs à la mortadelle rigoureusement de la même taille: l'un pour le soir et l'autre pour mon déjeuner du lendemain. J'ai commencé à les préparer. Face à moi il y avait une avenue où passaient des bus, des voitures, des motos et même des bicyclettes.

Quelques jours avant, à peu près à la même heure, on s'apprêtait aussi à dîner, mais la vue qu'on avait était très différente. La maison était dans un endroit tranquille, entre la plage de Grifeu et Llançà, mais beaucoup plus près de la plage. C'était une maison à deux étages. Nous occupions celui d'en haut qui avait une immense terrasse d'où on voyait la mer. Il suffisait de faire une centaine de mètres et de traverser la rue pour arriver au bord de l'eau où il y avait quelques bancs. Les premiers soirs nous y descendions Javi et moi avec une bouteille de vin pour passer un moment loin des autres. Ensuite, j'ai commencé à y aller seule, mais ça c'était après et pas le soir.

De toute façon, pour le dîner, on était tous à la maison. Javi et son beau-frère sur la terrasse pour s'occuper du barbecue. La petite sœur de Javi et son copain préparant des salades. Moi mettant la table. Le frère du beau-frère collé au téléphone. La sœur aînée de Javi avec le bébé.

C'était pour ça que nous étions venus à la plage, parce que la sœur aînée de Javi avait eu un bébé. Elle et son mari s'étaient rencontrés pendant des vacances sur la Costa Brava et ils avaient décidé de passer au même endroit les premiers jours de la vie de leur fils. Ils avaient tout planifié plusieurs mois avant la naissance. Ils avaient réservé la maison dans le secteur où ils s'étaient rencontrés. Les parents de Javi avaient fait la connaissance de leur petit-fils à l'hôpital mais ils avaient préféré ne pas venir à la plage parce que le père avait tout à craindre d'une exposition au soleil. Et c'était donc seulement la jeune génération qui passait les vacances en famille.

Le soir où Javi m'a raconté ce que sa sœur et son beau-frère avaient prévu, la naissance du bébé était proche. On était à Madrid, bien sûr. Imaginer Javi à la plage m'a fait terriblement envie. Moi, la chaleur sèche de Madrid m'étouffe. Mon corps n'arrive pas à s'y habituer, il crie, il rue. Il rêve à l'eau des montagnes où je me suis baignée enfant, et à la mer où je me suis baignée plus tard. Mais à Madrid, l'eau est en ciment.

– Tu vas à la plage avec tes sœurs, je lui ai dit ce soir-là, tu as de la chance, ramène-moi un coquillage.

– *Je* vais, non. Si tu veux, *nous* y allons. Tu veux venir avec moi ?

Je ne connaissais personne de sa famille. Javi vit à Madrid, ses proches à Saragosse. Ils avaient un groupe WhatsApp familial et, de temps à autre, Javi allait voir ses parents, mais toujours seul.

C'est pour ça que, quand il m'a demandé si je voulais l'accompagner, cela m'a fait incroyablement plaisir. Pas seulement d'aller à la plage. J'étais aussi et surtout touchée de voir qu'il m'ouvrait un nouvel interstice où me glisser.

– Tu es sûr de vouloir que je t'accompagne ? Comment tu vas me présenter ? Qu'est-ce que tu vas dire de moi à tes sœurs ?

– Je leur dirai… – Il a fait semblant de réfléchir. – … que j'adore quand tu colles le bout de ton nez dans mon dos, que ça me fait rire que tu mettes de grosses chaussettes pour dormir en hiver et qu'ensuite tu sortes les pieds de la couette, que je suis dingue des oiseaux sur ta poitrine, que tu danses très bien et… que tu baises comme tu danses. – J'ai ouvert les yeux et il a souri de nouveau. – On s'en fout de ce que je leur dirai, Giselle… *Tu le sais mon amour, j'ai avec toi une histoire*… a-t-il conclu en chantant l'extrait de la chanson de Fonseca qu'il me chantait toujours.

Je n'ai pas pu m'empêcher de sourire. Et il en a fait de même avant d'ajouter avec un air comique :

– Mais elles vont être folles de jalousie quand elles te verront danser…

Finalement, les présentations n'ont pas été si compliquées parce que, quand on est arrivés, ses sœurs savaient l'essentiel, que j'étais cubaine et que cela faisait plus d'un an que j'étais avec Javi. Pas besoin de plus. On s'est trouvées sympas. Au début, en tout cas.

Mes deux sandwichs une fois préparés, j'ai mis celui du déjeuner dans le petit sac, j'ai ouvert la brique de lait et j'en ai bu une bonne gorgée.

À l'heure qu'il était, peut-être que les sœurs de Javi ne me trouvaient plus aussi sympa, mais au fond, quelle importance ? Elles devaient déjà être rentrées chez elles. Et Javi chez lui. Et moi perdue dans Barcelone en train de regarder une avenue. Mais je n'étais pas seule. Pas du tout. J'ai posé mes affaires sur le banc, j'ai sorti du portefeuille la photo de Gérard avec la petite fille et je l'ai dépliée pour la poser sur une de mes cuisses.

– Au lieu de contempler la mer, on va regarder les voitures, tu veux bien ? j'ai dit à Gérard et, reprenant mon sandwich, j'ai levé les yeux.

La rue est le cinéma de ceux qui ne savent pas où aller.

Je ne sais pas à quelle heure j'ai fini de manger. Il y avait pas mal de circulation dans la rue. J'ai eu l'idée de faire un petit tour avant de retourner à la Sagrada Familia. Le lait que j'avais gardé pour le petit-déjeuner, je l'ai mis dans le petit sac, et après m'être nettoyé les dents, je me suis levée. J'ai rangé le cure-dents, la photo de Gérard, le portefeuille, et je suis partie marcher le long de l'avenue.

Un jour à la plage j'avais cru apercevoir Gérard. Javi et moi on avait pris l'habitude d'aller dans les petites criques qui sont moins fréquentées. Un matin où on était en train de bronzer, je me suis redressée pour prendre quelque chose et j'ai vu un type d'un certain âge qui s'approchait avec des palmes et un tuba à la main. Même s'il portait une casquette, il m'a semblé que son visage était le même que celui sur les photos des papiers d'identité. Et je me suis levée sans rien dire à Javi.

Le vieux est passé près de nous et il s'est arrêté avant d'entrer dans l'eau. J'ai fait quelques pas. Je l'ai vu enlever sa chemise. Il était musclé et l'on voyait qu'il avait dû faire pas mal de sport toute sa vie, même si sa peau ressemblait à du carton mouillé qu'on aurait mis à sécher. Je me suis un peu avancée. Il a enlevé ses sandales et les a posées à côté de la chemise. J'étais vraiment tout près. Quand il a retiré sa casquette, il a levé les yeux et s'est rendu compte de ma présence. À ce moment Javi a crié mon nom. Le vieux n'était pas Gérard.

– Mettez un caillou par-dessus, je lui ai dit, le vent m'a déjà emporté un chapeau.

Il m'a remerciée, a mis ses affaires en tas, a posé un galet dessus et est entré dans l'eau. Javi a voulu savoir ce que je faisais mais je lui ai dit n'importe quoi : que je ramassais des galets, que je respirais l'air de la mer. N'importe quoi.

Une sonnette de bicyclette m'a fait sursauter. Je me suis rendu compte que j'étais en train de marcher sur une piste cyclable et que je ne l'avais pas vue venir. Je me suis écartée du plus vite que j'ai pu mais le cycliste m'a quand même crié "*gilipollas*". Un mot qui m'a toujours fait beaucoup rire, qu'en tant que Cubaine je trouve super exotique.

Je me suis arrêtée au carrefour. L'avenue s'appelait Diagonal, je l'ai lu sur une plaque. Au centre du carrefour, il y avait un monument avec une colonne et des petits arbres qui formaient une rotonde, d'où partait une large allée arborée. J'ai traversé et je m'y suis engagée.

J'ai dépassé plusieurs personnes, une aire de jeux avec très peu d'enfants, des jeunes en rollers qui faisaient des acrobaties. J'ai rempli ma bouteille d'eau à une petite fontaine et j'ai passé mes mains mouillées sur mon visage et dans mon cou. Une douche de vagabonde. Sur un banc j'ai trouvé un magazine de décoration. Je l'ai ouvert au hasard et, sous la photo d'une très jolie chambre, il y avait une légende qui disait à peu près ça : *une bonne distribution des meubles de la chambre à coucher facilitera concentration et relaxation*. J'ai eu un petit sourire en me disant que mon lit de cette nuit serait à nouveau un banc froid et triste. Même s'il ne m'intéressait pas, j'ai rangé le magazine dans mon petit sac, parce que tout peut servir quand on est en mode survie.

Après avoir parcouru toute l'allée, j'ai fait demi-tour pour la redescendre, mais quand j'ai aperçu les tours et les grues de la Sagrada Familia, j'ai décidé d'y retourner.

En fait, je ne m'étais pas beaucoup éloignée. La Sagrada Familia n'était qu'à quelques rues de là. Les lampadaires de la place étaient allumés, mais il n'y avait personne. Mon attention a été attirée par un cri à l'autre extrémité du trottoir où je me trouvais. J'ai aperçu plusieurs personnes en train de fumer et j'ai imaginé qu'elles devaient se trouver devant un bar. Qui dit établissement nocturne dit toilettes.

En me rapprochant j'ai découvert que l'auteur du cri était une toute jeune femme qui venait apparemment d'arriver et qui serrait fort contre elle un jeune homme. Ils se tenaient enlacés, écartaient leurs têtes pour s'embrasser sur la bouche, recommençaient. Je me suis dit qu'elle était peut-être de celles qui crient quand elles baisent. Moi je ne crie pas, mais je dis toujours des gros mots. Et Javi, il aimait ça. Il disait qu'il trouvait mes gros mots si exotiques que cela l'excitait beaucoup.

J'ai failli me cogner à eux parce qu'ils se sont écartés pile au moment où j'arrivais. Ils sont rentrés direct dans le bar et moi je suis entrée derrière eux. C'était un pub. On entendait de la musique, des conversations, des rires. Je me suis frayé un passage jusqu'aux toilettes pour m'y réfugier.

En sortant je suis restée debout dans un coin près du comptoir. Une serveuse a rapporté de la salle trois verres où il restait un peu de bière. Je les ai regardés. Des années auparavant je n'aurais eu aucun problème pour m'enfiler vite fait ces fonds de verre. Je l'ai souvent fait, d'abord à Cienfuegos et ensuite à La Havane. J'avais faim et je n'avais pas d'argent. Et si je me trouvais dans un endroit au moment où quelqu'un se levait de table en y laissant quelque chose, je bondissais comme un lynx pour attraper ce que je trouvais : morceaux de pizza, restes de bière… Certaines fois je faisais ça seule ; d'autres avec un copain, mais ça c'était quand j'étais encore très jeune. Plus tard, j'ai commencé à trouver ça un peu triste, et en Europe encore plus. Je ne sais pas. Crever la dalle, c'est une chose, mais que tout le monde le sache, c'en est une autre. J'ai arrêté de regarder les verres.

Il régnait une bonne ambiance dans le pub. Une télé sur un mur passait des vidéos de chansons en anglais sous-titrées en espagnol. Il y avait des gens assis ou debout, aux tables ou bien près du bar, comme moi. Sauf que presque tous avaient des bières et moi un demi-litre de lait dans un sac de supermarché. Sur l'écran de la télé, j'ai vu apparaître un arbre. C'était une chanson de Coldplay. J'ai lu le premier vers du sous-titre : *Je suis peut-être en train de perdre mais ça ne veut pas dire que je suis perdu…* J'ai continué à regarder l'écran. L'arbre était tout au bout d'un terrain qui semblait très aride, mais j'ai eu l'impression que la caméra s'en rapprochait. *Je me suis juste perdu dans toutes les rivières que j'ai essayé de traverser…* L'arbre se rapprochait bel et bien, on voyait de moins en moins le terrain et l'arbre grossissait. *Et j'attends seulement que l'éclat disparaisse…* La musique continuait sans paroles et quand l'arbre a été au tout premier plan, l'écran est devenu blanc. Et là, j'ai réagi. Ce truc m'avait hypnotisée. J'ai regardé autour de moi. Rien n'avait changé, les gens continuaient à parler et à boire des bières. Pour moi non plus rien n'avait changé, j'étais encore plus perdue que dans la chanson de Coldplay. Il était temps de m'en aller.

Un nuage de fumée m'attendait dehors. Je ne savais même pas l'heure qu'il était. J'ai traversé la place et je me suis retournée pour voir le pub. J'ai cru tomber par terre. En entrant, je n'avais pas fait attention à son nom, mais il était écrit au-dessus de la porte avec de grandes lettres formant un demi-cercle : Michael Collins.

Un Irlandais, je crois, dont je ne connaissais pas l'histoire, mais il y avait eu un film sur lui. Le Maïkel que je connaissais était un autre. Je ne comprenais pas pourquoi il fallait que son nom surgisse dans des moments pareils. Ma copine, la Mystique, aurait trouvé une explication à la coïncidence. Pas moi. J'ai détourné les yeux. J'avais décidé de dormir sur la place mais je ne voulais pas le faire trop près du pub et je suis partie à la recherche du meilleur endroit pour passer la nuit.

Maïkel, je l'ai revu une fois à La Havane. C'est moi toute seule qui ai cherché à le revoir. Comme une envie que j'ai eue. Peut-être à cause des toc-toc-toc que j'avais sentis à la naissance de Clarita et qui continuaient à m'embêter. Ou peut-être à cause de cette habitude que j'avais de toucher la chaînette qu'il m'avait offerte. Qu'est-ce que j'en sais. Je ne sais pas pourquoi j'ai voulu le revoir, puisque je n'avais pas l'intention de lui parler de Clarita. Mais il y a des choses qu'on se met dans la tête comme ça, sans raison claire.

Quand c'est arrivé, Raviel était déjà un ami. Il n'était pas au courant pour Clarita, bien sûr, mais je lui avais parlé de Maïkel. Il a trouvé que c'était une très mauvaise idée de le revoir. Il a dit que, même si Maïkel m'avait aidée pour la danse, il n'avait ensuite pas bougé le petit doigt pour rester en contact. Si je débarquais, j'aurais l'air de la copine encore accro, et ça, il valait toujours mieux l'éviter. D'après Raviel, mon idée était typique de ce qu'il appelait un de mes "moments Wilis".

Un jour, on venait de se rencontrer, Raviel m'avait dit qu'il lui arrivait d'aller s'asseoir face à la mer pour parler avec lui-même et il m'a proposé de l'accompagner. J'ai accepté. On est allés sur le Malecón et on s'est assis chacun de notre côté, en silence. Raviel était comme un bouddha regardant la mer du haut d'une montagne. Mais, moi, ces histoires de se parler à soi-même, ça me faisait trop rire, c'étaient des trucs de dingue. Donc, je me suis vite ennuyée et pour me distraire je me suis mise à lancer des cailloux dans l'eau qui, comme ils étaient de différentes tailles, provoquaient des mouvements différents. La danse des ondes.

Ses conversations privées une fois terminées, Raviel m'a regardée en souriant et m'a dit que j'étais une paysanne pur jus, et que j'avais des choses à apprendre. La mer ça calme, ça aide à réfléchir, il a dit. Moi je n'avais pas à me calmer ni à réfléchir à rien. C'est ce que je lui ai dit et à partir de là on a continué, en sautant d'un sujet à l'autre. Je crois que c'est ce jour-là qu'on a commencé à être amis pour de bon, parce que presque sans m'en rendre compte, je me suis mise à lui parler de mes chagrins. De mes parents, de mes passions et de comment les choses étaient toujours difficiles pour moi. Raviel m'a dit qu'il ne fallait pas que je dramatise, que dans la vie il y avait des tragédies, mais que la vie n'était pas une tragédie. Quand il m'a dit ça, nous avions déjà vu ensemble *Giselle*, le ballet, qui nous plaisait tellement, et c'est là qu'il a parlé pour la première fois de mes "deux moments".

Dans le ballet, Giselle est une paysanne qui rêve de danser, mais comme elle est de santé fragile, sa mère l'en empêche. Elle a peur que si Giselle danse, elle n'en meure, ce qui la transformerait en Wilis, l'un de ces esprits de jeunes filles mortes avant le mariage qui, selon la légende, tels de blancs fantômes sortent à minuit à la recherche d'hommes avec qui danser jusqu'à les faire mourir. Le garde-chasse aime Giselle, mais ce n'est pas réciproque. Le duc ne l'aime pas, il a une fiancée, mais il se déguise en paysan pour lui faire la cour et Giselle tombe amoureuse de lui. C'est la fête des vendanges. Elle est élue reine et sa mère la laisse danser. Le garde-chasse profite de l'occasion pour démasquer le duc. Mais celui-ci s'en fiche. Giselle, au contraire, est tellement affectée qu'elle danse comme une folle jusqu'à tomber morte. Quelque temps plus tard, le garde-chasse venu tristement voir sa tombe a la malchance de s'y trouver encore à minuit. Les Wilis surgissent pour obliger le pauvre garde-chasse à danser jusqu'à la mort. Là-dessus arrive le duc qui, plein de remords, vient demander pardon sur la tombe de Giselle. Les Wilis se frottent les mains. Elles font danser le duc. C'est alors que Giselle, qui est devenue une Wilis, décide de cesser d'être un fantôme pour que le duc la voie. Parce qu'elle l'aime, elle l'encourage à résister. L'aube pointe et les Wilis disparaissent peu à peu. Toujours vivant, le duc tente de retenir Giselle sans y parvenir. Elle doit partir. Sa place à présent est du côté obscur où habitent les Wilis.

Ce jour-là Raviel m'a dit que si j'étais un personnage de ballet, je n'aurais le pouvoir de modifier aucune action. Je ne pourrais pas sauver le garde-chasse ni obliger le duc à danser comme une toupie sous prétexte que c'était un salopard, parce que tout ça était déjà écrit. Sauf que je n'étais pas la protagoniste d'un ballet mais de ma vie, et que ma vie j'avais le pouvoir de la changer. De là sa théorie: quand j'étais heureuse, j'avais un "moment Giselle", et quand j'étais sombre, c'était un "moment Wilis". Et il ne faut pas laisser les Wilis avoir un rôle, parce qu'elles sont belles sur scène, mais mauvaises dans le monde réel, a-t-il conclu en me donnant un baiser sur la tête.

C'est pour ça que, quand j'ai eu l'idée de revoir Maïkel, la première chose qu'a dite Raviel c'est que je laissais sortir la Wilis qui était en moi et que je ne devais pas le permettre. C'est ce qu'il m'a dit, mais comme il n'a pas pu me convaincre, il a fini par m'accompagner. Je savais que Maïkel était à l'école nationale. Ce que j'ignorais, bien sûr, c'étaient ses horaires, et on s'était dit Raviel et moi que le mieux c'était d'essayer de l'attendre à la sortie des cours.

On est arrivés vers la fin de l'après-midi. Mon ami m'a dit qu'il allait m'attendre en lisant assis sur un muret. Loin, mais pas trop. Je me suis mise à un endroit d'où l'on voyait bien la sortie. À l'époque, je gagnais ma vie en vendant des trucs dans la rue, y compris des cakes que je faisais moi-même, et comme j'avais emporté la boîte en plastique transparent pleine de parts de cake, j'en ai profité pour en vendre pendant que j'attendais.

J'ai attendu un sacré bout de temps avant de voir enfin Maïkel sortir de l'école. Il était plus beau que jamais. Il parlait avec une fille. Je les ai regardés partir et d'un coup, comme une impulsion subite, je l'ai appelé. Je n'ai pas pu m'en empêcher : Maïkel !

Il s'est arrêté et la fille aussi. Quand il s'est retourné, il avait une expression un peu étonnée, mais il a tout de suite semblé me reconnaître et est venu à ma rencontre avec un immense sourire.

– Petite, mais qu'est-ce que tu fais là ? Merde, ça faisait longtemps qu'on ne m'appelait plus Maïkel, ici je suis Odi, je m'appelle Odislán, tu te souviens ?

Il s'est tourné vers l'autre et lui a fait signe de la main pour qu'elle s'approche. Elle ressemblait à une cigogne avec une tête de lézard.

– C'est une copine de mon cousin de la campagne, ils sont du même village, il a dit pour me présenter, et l'autre a vaguement souri. – Et qu'est-ce que tu fous à La Havane ? Au fait, tu vends quoi ?

Je me suis immédiatement repentie d'être venue et surtout d'avoir apporté cette fichue boîte transparente.

– Des parts de cake.

– Génial, on crevait la dalle ! Allez, donne-m'en deux.

J'ai ouvert la boîte tant bien que mal.

– Je vis ici, je suis des cours de danse dans une académie, j'ai affirmé sans le regarder tout en sortant les gâteaux, mais c'était un mensonge, je n'avais pas encore mis assez d'argent de côté pour m'inscrire. – C'est ta prof qui me l'a recommandée. Tu te souviens ?

– Putain, ça a l'air bon. – Il a pris les deux parts de cake et en a donné une à la cigogne qui lui a fait une mimique en la prenant. – Dis-moi combien on te doit, allez, et excuse-moi, on est un peu pressés.

– Tu me dois rien, c'est cadeau.

Maïkel m'a remerciée d'un sourire. L'autre a murmuré "merci, enchantée, ciao" et a commencé à marcher.

– Merci, de tout cœur. C'est vrai, on est pressés, mais maintenant que tu vis ici, n'oublie pas de venir me voir quand je serai à l'affiche du théâtre, ici je suis Odi, souviens-toi. – Il m'a fait une bise sur la joue. – Ça m'a vraiment fait plaisir de te voir, allez, prends soin de toi.

Il m'a encore dit merci, a fait demi-tour et s'est éloigné à petits pas rapides, avant de se retourner en brandissant un bout de gâteau.

– Délicieux, si tu reviens, je t'en achète tous les jours, il a crié la bouche pleine.

Quand il est arrivé à la hauteur de la cigogne à la tête de lézard, qui marchait très vite, j'ai rejoint Raviel. Je savais qu'il n'avait pas pu entendre ce qui s'était dit, mais vu sa tête, il n'en avait pas raté une miette. Il m'a demandé :

– Giselle ou Wilis ?

– Tu veux du cake ? Il paraît qu'il est délicieux.

Je sais que cette nuit-là, j'ai pas mal pleuré, même si je ne suis pas sûre de savoir si c'était Giselle ou la Wilis qui pleurait.

De l'autre côté de l'esplanade de la Sagrada Familia, j'ai trouvé un banc qui m'a semblé convenir. Il était proche d'un lampadaire, et donc pas dans l'obscurité, mais pas non plus directement à la lumière. De là, on voyait la façade de la Passion. À l'heure qu'il était, il ne restait rien dans les parages du tintamarre de la journée. On n'entendait que les voix, lointaines, des fumeurs à l'extérieur du Michael Collins, et de temps à autre une voiture qui passait dans la rue. C'était, façon de parler, un bon endroit pour dormir.

J'ai enfilé mon blouson, au cas où la nuit serait de nouveau un peu fraîche, et je me suis assise. La vérité vraie, je n'avais pas sommeil. Non, *rianderrian*. Un peu de fatigue, oui, mais sommeil à proprement parler, non. Autour de moi c'était le vide total. Personne, pas un chien, pas une mouche. Rien. J'ai alors sorti le portefeuille et j'ai pris les deux photos. J'ai posé sur une de mes cuisses celle de Gérard avec la petite fille et sur l'autre celle de la femme. Je les ai regardées un instant. D'abord lui et la petite fille, puis elle. Et finalement j'ai gardé les yeux fixés sur elle.

C'était une photo qui semblait avoir été faite dans un de ces Photomaton qu'on trouve encore et qui ne servent pratiquement plus qu'à faire des photos amusantes où l'on grimace entre amis, puisque pour pratiquement tous les documents d'identité on utilise aujourd'hui des photos numérisées. Mais le visage de cette femme n'avait rien d'amusant. Elle était sérieuse, le regard tourné vers l'objectif. Il m'était impossible de déterminer quand la photo avait été prise. Il y a quelques jours ou il y a trente ans. Ces machines ont toujours fait des photos merdiques.

– Tu es qui, toi ? je lui ai demandé.

Avec la photo de Gérard et la petite fille, il m'était arrivé quelque chose. Mis à part qu'il était plus qu'évident qu'il s'agissait bien de lui, j'avais senti un truc bizarre depuis que j'avais commencé à la regarder. Je ne sais pas. Comme si Gérard me regardait, moi, et voulait même entendre ce que j'avais à lui raconter. Avec la photo de la femme, c'était tout le contraire : elle ne voulait pas me parler. Bien sûr, je savais déjà un certain nombre de choses sur Gérard, mais sur elle rien du tout.

– Tu es qui, toi ? je lui ai redemandé. Et pourquoi Gérard veut-il demander pardon à sa fille ? Tu le sais, toi ?

À Llançà, quand Javi m'avait surprise en train de lire la lettre de Gérard, j'avais failli lui raconter mon histoire et celle de Clarita. Cet après-midi-là, il était resté moins longtemps sous la douche que d'habitude. J'étais assise sur le lit en train de lire, et dès que j'ai entendu la porte s'ouvrir, j'ai sursauté et me suis dépêchée de replier la lettre. Si je n'avais pas réagi comme ça, Javi ne s'en serait peut-être même pas rendu compte, mais comme il m'a prise par surprise, j'ai réagi et il m'a demandé ce que j'étais en train de lire.

Rien, j'ai dit d'abord, tout en remettant la lettre à sa place, et j'ai enchaîné que c'était une lettre que j'avais trouvée à l'intérieur du portefeuille oublié. Et, comme pour mieux lui montrer que c'était sans importance, j'ai gardé les yeux fixés sur ce que je faisais : ouvrir le tiroir de la table de nuit. Apparemment, mon geste de désintérêt a produit l'effet inverse, car aussitôt Javi a dit que nous avions convenu d'oublier ce portefeuille tant que nous serions à Llançà, et il a voulu savoir pour quelle raison je l'avais de nouveau examiné.

Tout en remettant le portefeuille à sa place, j'ai simplement répondu que c'était juste de la curiosité et, après avoir refermé le tiroir, j'ai levé les yeux. Javi me regardait. Il a dit "d'accooord", en allongeant le *o* comme il fait quand il est perplexe, et il a ensuite détourné le regard pour enlever la serviette nouée autour de sa taille. Il l'a posée sur le dossier d'une chaise, a fait quelques pas vers le placard et a repris la parole.

– Maintenant, c'est moi qui suis curieux. Elle dit quoi, cette lettre ?

Je lui ai plus ou moins expliqué de quoi il s'agissait, l'histoire de la fille et du pardon, et je lui ai dit, en plus, que comme elle était écrite à la main et passait du français à l'espagnol, j'avais été obligée de la lire plusieurs fois parce que je ne comprenais pas tout. J'ai tout de suite regretté d'avoir dit ça parce que Javi s'est retourné, et après avoir répété que je l'avais lue plusieurs fois, il a voulu savoir pourquoi. Et là je me suis rendu compte que la conversation n'était pas près de se terminer.

Au début, Javi a cru que c'était parce que je m'ennuyais. Il a dit que cette lettre n'avait rien à voir avec moi et que si j'avais passé du temps à la lire et à la comprendre c'était sûrement que ces vacances à la plage ne se passaient pas si bien. Et il a voulu savoir si j'avais un problème avec quelqu'un de sa famille. J'ai essayé de lui ôter cette idée absurde de la tête mais tout ce que j'ai trouvé à lui dire c'est qu'il ne pouvait pas comprendre, qu'il s'agissait d'autre chose. Et lui : quelle chose ? Et moi : c'est compliqué.

Pour sortir de cette impasse, j'ai fini par lui dire que cette lettre remuait des choses en moi qu'il ne pouvait pas comprendre mais que cette histoire me touchait énormément. Et là, je n'ai pas su comment poursuivre. Je voulais lui dire, lui parler de Clarita, mais je ne savais pas comment faire et lui alors m'a regardée, a poussé un soupir et, en s'asseyant à côté de moi, m'a parlé très doucement. Il a dit qu'il venait de comprendre ce qu'il m'arrivait : cette lettre m'avait fait penser à mon père.

J'avais raconté certaines choses sur ma famille à Javi. Je lui avais parlé de mes parents et de ma sœur. Je voulais lui dire la vérité, mais il était tellement certain de savoir ce qu'il m'arrivait qu'il a continué à parler. Il a dit que, même si la relation avec mon père était difficile, il ne fallait pas que cela m'enfonce, qu'aucune famille n'était parfaite. Regarde, moi, a-t-il ajouté avant de poursuivre avec des choses que je savais déjà : durant longtemps il avait eu des rapports distants avec ses sœurs, ils ne s'étaient pas toujours bien entendus et il ne se souvenait même plus des dernières vacances qu'ils avaient passées ensemble. Mais tout ça, c'était derrière eux, parce que les bonnes nouvelles réunissaient les familles, et qu'un bébé c'était une très bonne nouvelle. Et là il m'a raconté quelque chose que je ne savais pas : sa sœur et son beau-frère avaient beaucoup galéré pour avoir un enfant. Larmes, cris, argent, insomnies. Ils n'y étaient parvenus qu'après plusieurs fécondations *in vitro*. Et ils étaient très heureux.

– C'est pour ça qu'on est là, Giselle, parce que les bonnes choses effacent les mauvaises. Oublie cette foutue lettre. Avec ton père, tu arrangeras les choses quand tu pourras, mais ne laisse pas un type que tu ne connais même pas foutre en l'air tes vacances. Le mec au portefeuille, qu'il aille se faire voir. – Il s'est levé après avoir dit ça. – On est venus pour s'amuser, merde, ici tout le monde est heureux. Regarde, ton ami Monsieur Propre aussi, a-t-il conclu avec une expression comique tout en remuant des hanches.

Javi était tout nu. Son sexe se balançait. Après l'avoir écouté, comment lui dire que la lettre ne me faisait pas penser à mon père mais à moi ? Comment lui dire d'où Clarita était sortie? J'en étais incapable. Simplement incapable. Et donc je lui ai souri et, lui donnant raison, je me suis levée.

– Ravie de vous dire bonjour, Monsieur Propre, j'ai dit en lui serrant le sexe comme si je lui serrais la main.

Ce jour-là, quand j'ai vu les fossettes se former de chaque côté de la bouche de Javi, j'ai moi aussi souri. C'est comme ça qu'on a conclu cette conversation. Et même si ça ne s'est pas terminé en dispute, ça a été le premier choc des vacances. Et je n'imaginais pas que tout irait de mal en pis.

J'ai soupiré en redressant la tête et en tendant le cou vers l'arrière. Cette position ne me permettait pas de la voir, mais je savais que la façade de la Passion était juste derrière moi. Curieusement c'était celui des deux côtés de la Sagrada Familia qui était devenu mon territoire. La faute au joueur de castagnettes, bien sûr, puisque c'était là qu'il s'installait, mais c'était quand même bizarre. Comme les façades de ma vie: passion d'un côté, naissance de l'autre. J'ai baissé les yeux pour regarder à nouveau sa photo à elle.

– Et toi, tu crois que je suis mauvaise?

Je lui ai demandé, mais cette femme ne voulait pas me parler et j'ai détourné le regard, j'ai croisé mes bras sur ma poitrine, je me suis pelotonnée et j'ai commencé à me balancer d'avant en arrière.

La seule chose que j'avais toujours voulue, c'était danser. Et quand je suis partie définitivement de chez moi, je n'avais qu'un objectif: aller à La Havane étudier dans l'une des académies que l'on m'avait recommandées.

Maman a tenu sa promesse de m'aider. Elle a parlé avec sa parente de Cienfuegos pour qu'elle m'héberge, parce que avant le grand saut, j'ai dû passer un peu de temps à Cienfuegos pour préparer mon voyage: voir la prof de danse, gagner un peu d'argent, ce genre de trucs.

Quand j'ai été prête à partir, maman est alors arrivée à convaincre sa cousine de La Havane, la veuve, de m'accueillir à nouveau. J'avais passé la grossesse et les premiers mois de Clarita dans sa maison, mais la deuxième fois a été très différente.

Dès que je suis arrivée, la cousine m'a fait savoir qu'elle me laissait rester uniquement pour rendre service à maman que j'avais toujours tellement fait souffrir, mais qu'elle espérait que je trouverais rapidement un autre endroit, parce qu'elle ne m'appréciait pas. Elle a dit qu'avant, elle avait eu pitié de moi en se disant que j'étais une gamine innocente qui s'était fait mettre enceinte, mais qu'en fait je n'étais rien de tout ça. J'étais impardonnable. J'avais abandonné ma fille pour devenir danseuse. Je devrais avoir honte. Texto. Maman ne lui avait peut-être pas très bien expliqué comment ça s'était passé. Je ne sais pas, moi non plus je n'ai pas pu lui expliquer. Et donc j'y suis restée un peu, et dès que j'ai pu, je suis partie.

À La Havane, j'ai galéré. Il a fallu que je m'habitue. Une chose est d'être à moitié perdue dans une ville de province, et une autre dans la capitale, non seulement parce qu'elle est plus grande mais parce que les gens sont différents. J'ai eu la chance de rencontrer Raviel dès le début, et dans son petit groupe de l'université, j'ai commencé à faire mes premières armes de danseuse.

De temps en temps, j'allais à Renamagua en visite. La vérité vraie, les premières fois où j'y suis allée j'étais un peu confuse dans ma tête, mais je crois que j'étais la seule. Maman et papa s'occupaient de la gamine. Maman débordait de bonheur. Je n'ai jamais vu autant d'amour dans ses yeux que quand elle regardait Clarita. Et papa, il en était aussi complètement gaga. Il l'a très vite assumée, mais il n'a jamais cessé de me condamner.

Parfois, quand j'y allais, ça me donnait envie d'aller dormir sur une branche du manguier. Être un fruit, mûrir, tomber et finir par pourrir. Ma chambre était devenue la chambre de Clarita. Comme s'ils avaient pris une gomme géante pour effacer un nom, le mien, et en mettre un autre. Silence, noir, lever de rideau : la pièce recommence mais avec une nouvelle actrice. La danseuse restera derrière la toile de fond de scène, bougeant rapidement ses bras pour projeter des ombres qui illumineront la nouvelle héroïne qui brille sur toute la scène.

Le temps a passé. Comme quand on secoue un tapis et que la poussière s'élève, puis retombe lentement pour rester collée au sol. Clarita a continué à grandir. Quand elle a appris à parler, elle faisait ce qu'elle voulait de papa. Un jour où j'étais allée leur rendre visite, il a même dit que sa plus jeune fille le menait par le bout du nez, que si elle lui demandait d'aller pêcher les étoiles, il n'aurait pas d'autre choix que d'obtempérer. Clarita était morte de rire en le regardant tourner dans la maison, comme un imbécile, avec à la main une sorte de canne à pêche, faisant semblant de pêcher des étoiles. J'ai voulu penser qu'il faisait ça pour m'embêter, mais je sais que ce n'était pas le cas. Je savais que papa ne faisait rien à cause de moi, mais parce que Clarita, ma sœur, était la prunelle de ses yeux.

Clarita, si jolie et si sympathique, avec sa petite voix aiguë et ses petits vêtements toujours propres, a été celle qui, sans le savoir, nous a tous donné une place où nous pouvions être heureux.

Quand, enfin, j'ai pu me payer l'académie de danse, ma vie a commencé à ressembler à mon rêve. Giselle dansait. Les vrais cours ont débuté. J'étais heureuse et sur ma peau il n'y avait plus de traces de cette confusion du début. Finalement, tout était à sa place. Clarita était ma sœur. Comme c'est écrit sur le dessin qu'elle m'a fait : "Clarita, maman et papa. *Pour ma sœur Gisel*", avec un cœur comme point final.

Le moteur d'une voiture filant à toute vitesse a stoppé mon balancement. J'ai levé la tête. Le bruit s'est éloigné jusqu'à ce que ne restent plus, dans le lointain, que les voix sur le trottoir du Michael Collins.

J'ai de nouveau regardé les photos sur mes cuisses.

– Tu ne veux vraiment pas me dire si j'ai l'air mauvaise ? lui ai-je demandé à elle. Et toi ? Qu'est-ce que tu as fait, Gérard ? ai-je demandé à l'autre photo.

Je les ai regardées et j'ai fini par lui tirer la langue à elle. Au fond, je ne savais pas qui elle était. Mais à Gérard, j'ai souhaité bonne nuit. J'aurais bien voulu la souhaiter aussi à Javi, mais il était très loin. Imbécile de Javi. Par sa faute, j'étais seule et perdue.

J'ai poussé un soupir, j'ai tout remis à sa place et me suis allongée en sens contraire de la veille. Le petit sac avec mes affaires, je l'ai mis à côté de mon ventre, je ne voulais surtout pas qu'on me le vole. J'ai approché les mains de ma poitrine, là où étaient mes oiseaux, et j'ai touché mon poignet gauche.

Un jour à Madrid, Javi m'avait acheté un bracelet alors que je ne m'y attendais pas. Il m'a dit que ce n'était pas un vrai bijou, mais qu'il trouvait qu'il ressemblait à mes oiseaux. C'était une chaînette avec au milieu une hirondelle dont chaque aile était reliée à un anneau. Très jolie. Pendant qu'il me la mettait, il a ajouté :

– Le foulard que tu as perdu, tu as fini par le récupérer. Mais si tu gardes ce bracelet avec les autres, je suis sûr que tu ne le perdras jamais. Et tu ne te perdras pas toi non plus, il m'a dit en souriant.

Javi-Madrid. Encore un porte-bonheur pour ne pas me perdre qui a fini entre les mains d'un voleur.

Sans cesser de toucher mon poignet, je me suis recroquevillée comme un fœtus et, fermant les yeux, je me suis serrée très, très fort. J'avais froid.

À cet instant, j'aurais voulu que Javi me prenne dans ses bras ou être moi dans son dos pour l'enlacer et coller mon nez à sa peau. Lui faire des caresses circulaires avec le bout de mon nez. Il disait que cela lui faisait des chatouilles, mais je savais que ce n'était pas vrai. Je savais qu'il savait qu'après avoir joué à faire des cercles avec mon nez j'allais coller mes seins bien fort. Je resserrais encore plus mes bras pour rester bien collée à lui et je me frottais, encore et encore. J'aurais voulu être nue et me frotter à lui pour ne plus avoir froid et sentir son odeur. J'adore l'odeur de Javi. Au début, elle évoque la douceur de l'herbe, des choses vivantes et mouillées. Mais avec la chaleur elle se transforme. Ressortent la sueur, la salive ; toutes les sécrétions, mon odeur qui se mélange à la sienne, la saveur de sa bouche. J'aurais voulu avoir sa bouche près de moi et lécher sa langue avec ma langue. Et sentir la sienne descendre depuis le bout de mon nez jusqu'à mon cou, couvrir de salive mes trois oiseaux pour qu'ils soient bien propres et poursuivre jusqu'à la pointe de mes seins. Sa langue sur mes tétons, d'abord l'un, ensuite l'autre. Avec de toutes petites morsures. J'aurais voulu remarquer la douceur avec laquelle Javi mettait ses mains à l'intérieur de mes cuisses, la chaleur de ses paumes comme deux ventouses qui se collent pour écarter mes jambes, très lentement. Javi s'étonnait toujours de ma souplesse. Plus je m'ouvrais, plus son sourire creusait ses fossettes au coin de sa bouche, quelques secondes avant qu'elle se précipite au centre de toutes mes saveurs. J'aurais voulu sentir ma saveur sous son baiser et qu'elle m'imprègne, me sucer moi-même, tandis qu'il entrait et bougeait. Moi aussi je bougeais et c'était là presque toujours que je commençais à dire des gros mots, parce que je sentais l'odeur de plus en plus fort. Un jour j'ai dit à Javi que je voulais conserver dans un flacon l'odeur que nous dégagions quand nous baisions pour la sentir dans le métro et chasser la puanteur des autres. Il m'a dit que je risquais de jouir devant tout le monde. Javi jouit, je jouis. Mon Dieu, comme j'aurais voulu jouir ce soir. Et prendre mon envol.

Vendredi

Je me suis réveillée avec l'envie de me masturber. Je ne connais rien de mieux pour se détendre et, la vérité vraie, j'avais affreusement mal dormi. Mis à part l'inconfort de ce banc, au plus petit bruit, si minime soit-il, je rouvrais les yeux. Le pire, c'est quand le pub a fermé. Là, j'ai même dû me rasseoir. J'avais peur. J'ai entendu les voix réjouies des gens qui sortaient de la fête, jusqu'à ce qu'elles s'éteignent toutes. Quand j'ai enfin réussi à dormir, j'ai fait le cauchemar qu'il m'arrive de faire : je suis en train de danser et, d'un coup, mes habits prennent feu. Je danse et le feu monte, mais je ne peux pas m'arrêter, alors le feu m'enveloppe jusqu'à ce que je ne sois plus qu'une boule incandescente qui tourne et tourne.

Je sais que je fais ce rêve depuis que j'ai lu l'histoire de la danseuse Emma Livry, qui m'a beaucoup impressionnée. Emma était en pleine répétition quand elle est tombée sur des bougies qui éclairaient la scène et que son tutu a pris feu. La pauvre est morte peu après de ses brûlures. Le pire c'est que bien qu'à son époque, au milieu du XIXe siècle, on avait commencé à faire des costumes avec des matières moins inflammables, elle les trouvait moins jolis que les autres et ne voulait pas les porter. Emma a été tuée par la danse. Par la beauté de la danse.

Souvent quand je suis tendue, ce cauchemar revient. Bref, entre les bruits du pub et le tutu d'Emma, j'ai affreusement mal dormi. À l'aube pourtant, tout était calme, on n'entendait que les oiseaux. Je me suis mise sur le dos pour les écouter, et j'ai tapoté la poche où était le portefeuille pour dire bonjour à Gérard. Je ne savais pas l'heure qu'il était, les cloches de la Sagrada Familia n'avaient pas commencé à sonner. Et, bien sûr, je n'avais pas de portable.

Je me suis rendu compte que cela faisait plus de vingt-quatre heures que j'étais sans téléphone et je ne pouvais franchement pas dire que ça m'avait beaucoup manqué. C'était très bizarre parce que normalement je m'en emparais dès le réveil. Je faisais pipi en surfant sur les réseaux. J'allais dans la cuisine et, pendant que le café passait, j'étais toujours sur les réseaux. Et j'y étais encore en buvant la première tasse. Et quand je m'asseyais pour prendre mon café au lait, mes tranches de pain complet grillé et ma banane, je n'en avais pas décollé. Allongée là où j'étais, je me suis dit que si on prend son portable, c'est peut-être pour ne pas se sentir seul ou pour se cacher des autres, parce que en fait, sérieusement, qu'est-ce que j'en ai à faire de ce que racontent tout un tas de gens que je ne connais même pas?

Rien, je me suis dit en me mettant debout. J'avais la bouche pâteuse et un léger mal de gorge. En toussant, j'ai levé les bras pour m'étirer lentement. Mon corps me faisait encore plus mal que la veille, comme si chacune des lames du banc s'était incrustée du côté où j'avais dormi. J'ai fait ma séance d'étirements et, profitant de ce qu'il n'y avait encore personne, j'ai fait ma toilette du mieux que j'ai pu à la petite fontaine du parc. Puis je suis retournée au banc. Le lait restant avait une bonne odeur. Et le chocolat, qui de jour avait un peu ramolli, avait retrouvé la nuit sa consistance dure. J'ai beau aimer beaucoup le café au lait, j'avais décidé de ne plus dépenser dans les cafés. J'ai ouvert la brique de lait et jeté à l'intérieur deux carrés de chocolat et je me suis mise à remuer. Le liquide a commencé à se colorer. Je secouais et regardais la spirale en train de se former: blanc, marron clair, blanc.

Quand on s'est connus, Javi aussi regardait son portable au petit-déjeuner. Moi je le faisais chez moi, oui, mais parce que j'étais seule. Lui, il le faisait même avec moi. Les premiers samedis où je suis restée dormir chez lui, quand le lendemain on s'asseyait pour prendre le petit-déjeuner et qu'il se mettait à regarder son portable, j'avais l'impression d'être de trop. Que c'était pareil que je sois là ou pas. Comme si après la baise et les conversations de la nuit, on s'ignorait le matin. S'ignorer après la baise arrive très souvent, c'est normal. Le problème c'est qu'avec Javi, après avoir baisé, en général on parlait. Et le matin, au lieu de boire un café vite fait, on s'asseyait pour prendre le petit-déjeuner. C'est pour ça que cela me dérangeait qu'il sorte le portable.

Et donc, les premières fois où il l'a fait, j'ai passé mon temps à le regarder. Javi glissait le doigt sur l'écran, souriait, bougeait à nouveau le doigt, et ainsi de suite. Un jour, il s'est rendu compte que je le regardais et il a levé les yeux.

– Tu regardes quoi ?

– Ton nez qui s'allonge, je lui ai répondu, comme on disait quand j'étais petite.

Ça l'a fait sourire et ses fossettes se sont creusées.

– Et qu'est-ce que je dois faire pour qu'il ne s'allonge pas ?

– Me regarder. On va voir qui résiste le plus longtemps sans cligner des yeux. Si tu gagnes, tu reprends le portable. Si tu perds, tu ne devras regarder que moi.

Avec un petit sourire, Javi a lâché le portable en disant : ok. On s'est regardés. J'ai appuyé mes coudes. J'avais la tasse entre les mains, près de mon nez, et je sentais la chaleur et la vapeur qui s'en dégageaient. On s'est regardés. Il ne savait pas que ce jeu, j'y avais joué des millions de fois quand j'étais petite et que je gagnais toujours. On se regardait. Quand je l'ai vu cligner des yeux, c'est moi qui ai souri. Même la chaleur qui me chatouillait le nez ne m'avait pas fait perdre mon pari.

Depuis, Javi ne prenait plus son portable quand il petit-déjeunait avec moi. On a conservé l'habitude idiote de se regarder et de parler.

J'ai poussé un soupir. J'imaginais qu'à cette heure il dormait encore à Madrid et que quand il se réveillerait, il n'y aurait personne pour le déranger avec des petits jeux infantiles ou des conversations matinales idiotes. Il pourrait se lever et regarder tranquillement son portable. Faire glisser encore et encore son doigt, et même se faire une ampoule à force de liker, une ampoule qui grossirait, grossirait et finirait par éclater en lui laissant la chair à vif et alors il ne pourrait plus liker ni surfer sur les réseaux et il n'aurait pas d'autre choix que de se rappeler à quel point c'était mieux quand il n'avait pas à regarder son portable au petit-déjeuner. Imbécile de Javi.

J'ai cessé de m'intéresser à la spirale de couleurs formée par le lait au chocolat. J'ai tourné une dernière fois rapidement et j'ai bu. Même si le lait était froid et le chocolat pas complètement fondu, j'ai trouvé ça bon. Avant de terminer, j'ai pris un des paracétamols que Gérard avait dans son portefeuille. J'espérais que mon mal de gorge serait passager, mais au cas où, je l'ai avalé avec la dernière gorgée.

Une inquiétude m'a rattrapée d'un seul coup. Je n'ai jamais aimé penser à ce qui se passera demain, mais à cet instant j'ai envisagé la possibilité de ne pas trouver Raviel rapidement. Et si je tombais malade ? En plus, il ne me restait presque plus d'argent. Combien de temps je pourrais résister dans la rue ? Je l'ignorais. Et qu'est-ce que j'allais faire ? De simplement me poser la question, j'ai eu un déclic. Aussi bien à Marseille qu'à Madrid, la Mystique et moi avions dansé dans la rue pour de l'argent. Quelle conne de ne pas y avoir pensé plus tôt. C'est exactement ce que je devais faire à Barcelone, je me suis dit en me levant.

Il valait mieux être visible au cas où Raviel aurait l'idée de prendre un café penché à son balcon. J'ai traversé la rue déserte. Je suis restée un petit moment plantée devant la façade de la Passion, et puis j'ai poursuivi jusqu'à l'endroit du joueur de castagnettes, qui était devenu notre endroit. Il n'était bien sûr pas encore arrivé. Il était trop tôt.

Un monsieur âgé s'éloignait par la rue d'en face. C'était le premier être vivant que je voyais à part les oiseaux du parc, mais il ne m'a pas remarquée. Je l'ai suivi des yeux jusqu'à ce qu'il disparaisse au coin de la rue. J'ai poussé un soupir. J'ai fait quelques pas de danse, mais je me suis dit aussitôt que si mon ami sortait sur son balcon, il pourrait me voir parce qu'il n'y avait personne. Je me suis alors appuyée contre le pot avec l'arbuste pour feuilleter le magazine de décoration. Puis j'ai changé de place. Je suis allée me planter à côté d'un poteau, comme si j'avais été moi-même un poteau. Je suis revenue et j'ai de nouveau feuilleté le magazine. J'ai fait d'autres pas de danse.

Ces premières heures ont passé très lentement.

Je crois que tout a commencé à bouger plus vite dès que j'ai commencé à danser. En tout cas c'est la sensation que j'ai eue.

Je suis restée près de neuf ans à La Havane. J'ai vécu chez des gens qui m'aimaient et chez d'autres qui m'aimaient beaucoup moins. J'ai dormi parfois par terre et parfois dans un lit. Seule ou accompagnée. J'ai gagné ma vie en faisant la lessive et en repassant, j'ai été serveuse dans un bistrot. J'ai vendu de tout dans la rue : cacahuètes, ail, fromage, éponges à récurer, n'importe quoi ; j'ai eu peu d'amis et pas mal d'amants.

À l'académie, j'ai suivi des cours de danse contemporaine, de folklore, d'initiation au ballet classique, à la rumba, au hip-hop, de technique cubaine de danse, bien sûr. Tout ce qui passait à ma portée et que je pouvais me permettre. C'est à ce moment que j'ai commencé à collaborer avec d'autres danseurs dans différents projets, prestations par-ci par-là, que j'ai participé à de petits spectacles. Rien d'extraordinaire, mais des choses qui m'ont rendue très heureuse.

Un jour, à l'académie, j'ai appris qu'ailleurs ils faisaient des auditions pour un spectacle musical qui devait tourner en France. J'y suis allée. Il y avait beaucoup de candidats mais j'ai passé l'audition et j'ai fait partie des danseuses sélectionnées. Pour moi, un vrai feu d'artifice.

Le projet était génial: un mois à Marseille avec des représentations dans des hôtels, tous frais payés et un bon cachet. Le producteur était un Français qui avait une bonne tête et parlait espagnol avec un accent comique. C'était mon premier spectacle en grand. Raviel vivait déjà à Barcelone et il m'a envoyé des messages avec plein de cœurs pour me dire qu'il était fier de moi.

Les répétitions ont tout de suite commencé. Nous étions douze dans le groupe, chanteurs, acrobates et danseurs. C'est là que j'ai rencontré la Mystique. Elle se faisait appeler comme ça parce qu'elle était branchée tarot et autres trucs dans le genre. Je l'ai trouvée super sympa dès le premier jour. Elle, une autre qui s'appelait Sonita et moi étions les seules qui venions de la danse contemporaine, même si Sonita et la Mystique étaient diplômées de l'école dans laquelle je n'avais pas pu entrer. À cause de ça, Sonita avait tendance à s'y croire, mais pas la Mystique. Elle, elle était vraiment sympa.

Tout le monde dans le groupe était enthousiaste à l'idée du voyage et de l'argent qu'on allait gagner. Moi aussi, mais pour d'autres raisons. J'étais finalement parvenue à trouver mon chemin: j'étais danseuse. J'avais été engagée pour un vrai projet comme une vraie professionnelle. J'allais être capable de construire quelque chose. Je débordais de bonheur. À mon retour, je pensais me louer une petite chambre à La Havane, continuer à danser, décrocher de nouveaux contrats et même donner de l'argent à papa et maman, parce que je pourrais les regarder en face sans aucune honte et leur dire : vous voyez que c'était pour de vrai ? Vous voyez, vous voyez ?

Peu avant le départ, je suis allée leur annoncer la nouvelle. Même s'il m'arrivait de revenir au village, la vérité vraie, je n'aimais pas beaucoup y aller. Pas seulement parce qu'à la maison, j'avais toujours l'impression d'être de trop. Aussi parce que certaines personnes me traitaient comme si j'étais une inconnue. Je voulais croire que c'était parce que j'étais devenue danseuse et que je vivais dans la capitale, mais dans le fond je savais que c'était autre chose. Clarita avait neuf ans. Et depuis sa naissance, les voisines les plus proches avaient commencé à me traiter différemment. Je le savais. Je le sentais. Elles s'étaient rendu compte. Dans les villages, tout se sait, mais maman ça n'avait pas l'air de la gêner. Moi si, parce que c'était moi qui étais mal vue. Mais je n'y pouvais rien.

Cette fois-là pourtant, je n'ai même pas fait attention aux gens. J'étais euphorique. J'étais tellement euphorique en arrivant à la maison que j'ai tout de suite commencé à leur raconter.

Papa a pris cet air bizarre qu'il avait parfois avec moi, qui était comme quand tu commences à sourire et que quelque chose te dégoûte et que tu restes la bouche à moitié tordue, mais que tu ne veux pas que l'autre personne s'en rende compte et tu ressembles alors au dernier des débiles. Pour moi, il avait toujours à disposition un tas d'expressions de ce genre, plus moches les unes que les autres, et très peu de mots, très, très peu. Quand je lui ai dit que j'allais à Marseille et que je revenais dans un mois, papa a secoué la tête d'un côté à l'autre et a fini par ouvrir la bouche pour parler : on verra si cette fois tu fais quelque chose de bien. C'est tout ce qu'il a dit avant de regarder ailleurs.

De son côté, maman s'est beaucoup réjouie de mon prochain voyage. Elle m'a dit de faire attention, que dans ces pays les gens étaient différents de nous et qu'il faisait très froid, mais que j'en profite pour rester faire ma vie là-bas, pour me trouver un Français beau et riche, que pour eux, je n'avais pas à m'en faire, au revoir, merci, tout va très bien pour nous trois. Ne rentre pas, ma fille, elle m'a dit en haussant à demi les sourcils et avec un petit sourire. Profite, danse, deviens célèbre, tout ira bien pour toi, parce que tu es une très bonne danseuse.

Maman m'avait-elle déjà vue danser ? Oui, à la maison quand j'étais petite et qu'elle me donnait des tapes sur la tête pour que j'arrête.

Ce week-end, le regard de Clarita a été la seule chose qui m'a paru comme de l'eau de source, propre et limpide. Un après-midi on est sorties dans le jardin et on s'est assises sur une souche, pour manger des mangues. Je lui ai dit que ce manguier était mon ami depuis que j'étais petite, et que pendant que je serais en voyage je lui confiais le soin de s'occuper de lui le mieux possible. Clarita s'est mise à rire en disant que j'étais un peu folle. Je lui ai dit qu'elle avait raison et elle a voulu savoir alors combien de temps prenait le voyage jusqu'en France. Je lui ai répondu et elle a continué à me poser des questions : est-ce que je parlais français, est-ce que c'était très difficile, où est-ce que nous allions danser, quelle musique j'aimais le mieux pour danser.

Au bout d'un moment, elle a jeté son noyau de mangue par terre, s'est levée et, tendant les bras vers moi, elle a dit qu'elle aussi voulait danser. J'ai alors jeté mon noyau et je me suis accrochée à ses mains pour me lever. On a fait un tour sur nous-mêmes comme ça, mais elle a stoppé et, avec une expression mi-comique mi-dégoûtée, elle a retiré ses mains. Tu es toute poisseuse, elle m'a dit. J'ai souri. On était toutes les deux poisseuses. J'ai alors enlevé mes bracelets, à l'époque j'avais seulement celui de Maïkel et celui de Raviel, je les ai mis dans une poche pour qu'ils ne la gênent pas, et j'ai tendu les bras en lui montrant mes poignets. Donne-moi la main, nous allons danser, je lui ai dit. Clarita s'est accrochée à moi. Donne-moi la main et tu m'aimeras, elle m'a répondu. Et comme ça, en chantant le poème que tout le monde connaissait grâce à la chanson de Teresita Fernández, on a tourné plusieurs fois. Je l'ai arrêtée un instant pour faire une flexion et on a continué. Elle m'a arrêtée pour bouger les pieds d'un côté à l'autre et on a continué. Je l'ai arrêtée à mon tour, on a remué nos fesses et on a continué. Elle était morte de rire.

La chanson terminée, je lui ai dit qu'on venait d'inventer la danse folle du manguier, Clarita m'a alors lâchée et s'est mise à sautiller tout en criant : la danse folle du manguier, la danse folle du manguier. Elle a levé les bras et tourné sur elle-même. Je me suis mise à tourner autour d'elle en battant des mains et en fredonnant : le manguier fou qui danse, le manguier fou qui danse. On a continué comme ça jusqu'à ce que mes yeux croisent ceux de maman.

Elle était sérieuse, très sérieuse, debout près de la porte qui donnait sur le jardin. J'ai stoppé net et j'ai d'un geste indiqué à Clarita de faire de même.

– Il va bientôt pleuvoir, nous a crié maman sans cesser de me regarder.

C'était vrai, ça sentait la pluie. La terre sèche ouvrant la bouche pour recevoir l'averse. Les feuilles sur le point de tomber des branches.

– Allez, on rentre, j'ai dit à ma sœur, maman ne veut pas que tu te mouilles, et il faut écouter maman. Allez, cours.

Clarita s'est mise à courir, morte de rire. Je l'ai suivie. Les yeux de maman n'ont pas cessé une seconde de me regarder.

Peu après, je suis partie pour Marseille, convaincue que ma carrière venait de décoller définitivement.

Quand le rituel des cloches de la Sagrada Familia a commencé, j'ai su qu'il était neuf heures. Peu à peu, comme la veille, avaient surgi les bruits, les gens, les différentes odeurs. Moi j'étais au même endroit, et toujours aucun signe de Raviel. Comme je savais que la bibliothèque était sur le point d'ouvrir, je m'y suis dirigée pour aller aux toilettes avant de me mettre à danser.

À mon retour j'ai trouvé le joueur de castagnettes à genoux en train d'installer ses affaires par terre.

– Bonjour, je lui ai dit en m'arrêtant à côté de lui.

Cet homme n'aimait décidément pas sourire. Il m'a regardée sérieusement de ses petits yeux sombres avant de se lever et de répondre "salut".

– Excusez-moi, mais je voulais vous demander si vous êtes toujours ici ou s'il vous arrive de changer d'endroit ? – Il m'a regardée d'un air intrigué. – C'est que je dois retrouver un ami à l'endroit où l'on vend les castagnettes. Ici, c'est votre endroit fixe ?

– Fixe.

– Vous n'allez jamais vous poster ailleurs, vous vendez toujours ici ?

– Toujours.

– Merci. Je vous promets que dès que j'aurais retrouvé mon ami, je m'en irai. Je vous le jure.

Tandis qu'il faisait "oui" de la tête, il a bougé plusieurs fois rapidement une de ses mains, presque comme si c'était l'un des éventails qu'il vendait ; en fait, il me disait de m'éloigner. Je l'ai parfaitement compris. Je suis allée au même endroit que la veille ; lui à son poste, près de son arbuste ; moi au mien, à côté de l'autre arbuste.

J'ai de nouveau regardé dans sa direction mais lui ne me regardait plus. J'ai alors posé le petit sac et ma bouteille d'eau à côté de l'arbuste et j'ai fait quelques pas. Avec la Mystique, nous nous servions de son petit chapeau que nous appelions "la tirelire". Mais comme je n'avais pas de chapeau, j'ai plié mon blouson et l'ai disposé stratégiquement par terre. Après m'être redressée, j'ai respiré profondément. Je suis la Giselle de la Sagrada Familia, je me suis dit, et j'ai commencé à danser.

Quand tu danses, le monde disparaît.

Ce matin, j'ai commencé mes mouvements avec la fatigue des deux nuits passées à dormir dehors, mais j'ai peu à peu retrouvé mon élan et j'ai dû y mettre beaucoup d'inspiration parce qu'à un moment je me suis rendu compte qu'il y avait trois personnes debout à côté de moi en train de me regarder, ce qui m'a donné encore plus d'énergie pour continuer. Quand je me suis arrêtée, ils ont applaudi. C'étaient une femme, un homme et une petite fille qui, en me voyant sourire, s'est penchée pour déposer quelques pièces sur mon blouson. J'ai regardé les pièces. J'étais trop contente. J'ai jeté alors un coup d'œil du côté du joueur de castagnettes.

La famille s'était arrêtée devant sa couverture et il leur parlait. Après lui avoir acheté plusieurs objets, ils sont repartis. Les adultes parlaient entre eux. La petite fille avait levé les bras ; elle avait un éventail ouvert dans chaque main et, sans les quitter des yeux, elle les faisait tourner, comme si elle imitait une danseuse de flamenco. Ils se sont éloignés ainsi, ont rejoint le flux de touristes où ils ont fini par disparaître.

J'ai entendu un violent coup de klaxon et je me suis retournée. Un taxi s'éloignait en face, tandis qu'un couple de jeunes atteignait le trottoir en courant et en riant. Elle avait un portable à la main et tous deux le regardaient. Ils venaient apparemment de risquer leur vie pour un selfie sur fond de Sagrada Familia.

Je me suis appuyée contre le pot avec l'arbuste pour boire un peu d'eau. J'avais remarqué depuis la veille que de nombreux touristes se plantaient au beau milieu de la rue pour se prendre en photo. Et je m'étais rendu compte que presque tous prenaient la même pose. Debout de profil. Les femmes un pied devant l'autre, sur la pointe, main sur la taille. Les hommes faisant des signes : un doigt levé ; l'index et le majeur formant le V de la victoire, ou deux doigts formant des cornes. C'est le genre de choses que l'on remarque quand on passe beaucoup de temps au même endroit. Cela ne sert évidemment à rien, mais on remarque.

J'ai tapoté la poche où je gardais le portefeuille et j'ai murmuré à Gérard que les gens étaient en train de devenir à moitié fous.

– Tu risquerais ta vie pour une photo, toi ? je lui ai demandé.

Et là, j'ai senti d'un coup un pincement au creux de l'estomac. À Llançà, je m'étais demandé pourquoi Gérard avait laissé dans la table de nuit de cette maison un portefeuille dont le contenu avait tellement d'importance pour lui : ses papiers, les photos, la lettre pour sa fille Yamina. Après y avoir réfléchi, je m'étais dit qu'il ne pouvait pas l'avoir fait exprès. Impossible. Si Gérard avait voulu se débarrasser de tout ça, il aurait suffi de le jeter à la poubelle ou de déchirer les papiers en petits morceaux. Non, il n'avait pas fait exprès. Le plus probable était qu'il ne se soit même pas rappelé à la fin des vacances que son portefeuille était dans le tiroir. Gérard n'était plus tout jeune. Il avait très bien pu ne pas remarquer l'absence du portefeuille et, ensuite, il avait sûrement pensé qu'il l'avait perdu ailleurs. C'était ce que j'avais imaginé quand j'étais à la plage.

Mais là, d'un coup, par la faute d'un jeune couple inconnu qui risquait sa vie pour un selfie, je me suis dit qu'une autre explication était possible. Quelquefois, à force d'observer une chose, on la voit différemment. Il pouvait être arrivé quelque chose à Gérard. Il pouvait avoir eu un accident ou été victime d'un événement quelconque. Je savais qu'il avait des problèmes de santé, comme le montraient ses analyses et le certificat médical.

Oui, j'ai senti comme un pincement. Était-il mort? Non. C'était trop. Ce n'était pas possible. Si ça lui était arrivé, on nous en aurait parlé quand nous sommes arrivés à la maison de Llançà. Les gens adorent raconter les tragédies, même si, à bien y réfléchir, qui aurait pu nous raconter ça? À la plage, on ne connaissait personne.

J'ai rebouché la bouteille et, après l'avoir reposée à sa place, je me suis éloignée de quelques pas. J'étais terriblement inquiète. Sans vraie raison. Mais non, *rianderrian*, je me suis dit, il n'était sûrement rien arrivé à Gérard. Impossible. Il était distrait. C'était son problème. Et le mien, c'était que j'étais perdue. C'était pour ça que tout ce qu'il restait à faire, c'était continuer à danser. Voilà: au lieu de penser à des bêtises, je devais me concentrer sur la danse pour retrouver Raviel.

Le clac-clac-clac de mon voisin résonnait à quelques pas de moi. Autour, il y avait des voix, des moteurs, des klaxons. Un peu plus loin, le type à l'accordéon. Ça ressemblait de nouveau à une fête foraine. Entrez, messieurs-dames, entrez: ici vous entendrez des musiques variées, vous trouverez des danses de toutes les couleurs. C'est la fête. Ou le carnaval.

C'était le nom du spectacle avec lequel nous sommes allés à Marseille, "Carnaval", parce qu'il s'ouvrait et se concluait sur la chanson de Celia Cruz.

Je me suis plantée devant mon blouson. Le spectacle ne pouvait pas s'interrompre. Le spectacle est toujours sur le point de recommencer. Comme à Marseille, comme d'habitude.

J'ai posé une main sur ma taille et un pied sur la pointe devant l'autre. Et, comme si j'étais une touriste prenant la pose, j'ai chantonné tout doucement: *no hay que llorar, que la vida es un carnaval y es más bello vivir cantando*. Il est plus beau de vivre en chantant. Ou en dansant. Ce n'est qu'en dansant que je ne serais plus perdue, je me suis dit, et avec cette chanson dans la tête, je me suis mise à danser.

Quand tu danses, le monde disparaît.

Un jour, j'ai dit à la Mystique que j'avais tout le temps l'impression d'être un peu perdue. Comme si je vivais à l'intérieur de bulles de savon qui explosaient les unes après les autres. J'ai parlé d'une traite et à la fin elle m'a dit que c'était mon karma. J'ai éclaté de rire. Karma, ça ressemblait à un prénom féminin. Mais la Mystique m'a donné des explications. Au bout du compte, je l'ai remerciée et je lui ai donné raison. Même si ce qu'elle venait d'expliquer me semblait un peu bizarre.

La vérité vraie, le karma je n'ai jamais très bien compris ce que c'était. Mais ce n'est pas grave. De toute façon, je préfère l'expliquer à ma manière : des bulles de savon. C'est beaucoup plus simple comme ça.

À Marseille, mes bulles de savon se sont mises à exploser dès le début.

Le Français qui nous avait engagés avait promis des chambres et les repas dans un hôtel, mais dès que nous sommes arrivés il nous a expliqué qu'en raison d'une série de contretemps, nous allions devoir dormir dans une pension. Les filles partageant une chambre et les garçons l'autre, ce qui pour moi n'était pas un problème. Devoir faire nous-mêmes la cuisine n'était pas non plus un problème. Ni devoir faire les courses. Il nous a annoncé qu'il allait nous donner un petit pécule pour le supermarché tous les jours, car, et ça on le savait depuis Cuba, c'était seulement à l'issue des représentations qu'on serait payés.

C'est ce qu'il a dit. On l'a tous cru. Et je sais que le premier soir où les lumières se sont allumées sur scène et qu'ont commencé les battements de tambour de *La vida es un carnaval*, tout le reste a disparu.

La seule chose qui restait, c'étaient mes mouvements, les éclairages, ma taille, les étoffes des costumes ondulant sur mon corps. La sueur. Les applaudissements. Les feux d'artifice hauts dans le ciel et la voix de Celia Cruz me rappelant que la vie est un beau carnaval.

Le groupe était toujours collé ensemble. Les après-midi où on était libres, on allait se promener, mais quelquefois, j'aimais bien aller de mon côté sur le Vieux-Port ou dans les petites rues, aller voir des expositions ou entrer dans des magasins. Pas pour acheter, puisque je n'avais pas d'argent, juste pour regarder et me sentir comme la protagoniste de ma propre danse. La protagoniste de ma vie, comme me l'avait dit une fois Raviel.

On a joué presque tous les soirs. Après la dernière, et très peu de temps avant le retour, la bombe a éclaté. Le Français a débarqué pour nous annoncer qu'il ne pourrait pas nous payer tout de suite la totalité de ce qu'il nous avait promis. Il a juré qu'il était mort de honte et il a même pris l'air désolé. Selon lui, travailler avec des hôtels était compliqué, mais nous ne devions pas nous en faire. Il avait préparé une petite enveloppe avec une partie de l'argent pour chaque artiste et dès qu'il aurait le reste, il nous l'apporterait à La Havane.

Et là, ça s'est mal passé. Tout le monde était furieux, il y a eu des cris et pas mal de gros mots. L'un des acrobates, un métis costaud qui louchait, est allé vers le type en le pointant du doigt et en lui disant des choses bien senties. L'autre a fait marche arrière, au sens propre, il a reculé d'un pas tout en disant qu'il n'aimait pas les menaces. Et là il nous a dit clairement que si on voulait recevoir tout notre argent, on n'avait pas intérêt à le menacer de nouveau. Il a dit qu'il connaissait son boulot, qu'il irait nous apporter l'argent à La Havane et qu'on n'avait qu'à profiter du peu de temps qu'il nous restait pour faire des achats, vu qu'à Cuba il manquait toujours plein de trucs.

Quand il est parti, le groupe a continué à s'engueuler. J'étais si abasourdie qu'à un moment j'ai pris l'enveloppe avec mon argent et je suis partie. J'ai d'abord marché au hasard. Et puis j'ai remarqué l'église *Notredamdelagarde*, qui est en haut d'une colline et qu'on aperçoit de partout. On y était allés une fois en bus. Toujours sous le choc, j'ai eu l'idée d'y monter à pied et je suis arrivée en tirant la langue mais depuis en haut on voyait les lumières de la ville, le port rempli de petits bateaux avec encore plus de lumières et la mer. Tout était très joli. La mer, ça calme, comme disait Raviel.

Le retour était plus facile, comme on dit chez moi : "Plus tu descends, plus tu as des ailes." Et ça s'est vérifié. Je suis redescendue à fond de train, mais je ne sais pas trop ce qui m'est arrivé. À un moment, je me suis rendu compte que je tournais en rond dans les mêmes rues et que je ne voyais plus la mer. La mer était mon repère, mais j'avais beau marcher, je n'arrivais pas à la voir. L'angoisse est montée, mais je ne voulais pas demander mon chemin. Je me suis convaincue que je devais trouver la sortie toute seule. Encore et toujours toute seule. J'ai marché, marché, et j'ai fini par voir la mer, et tout s'est remis en place.

Il faisait nuit quand j'ai atteint la pension. Mes camarades étaient très inquiets. Je leur ai raconté ce qu'il m'était arrivé, et l'un d'eux m'a dit que je n'aurais pas dû leur faire une chose pareille. Un autre qu'il y avait déjà assez de problèmes comme ça pour ne pas que j'en rajoute. Je me suis fait traiter de folle et d'irresponsable, mais ça j'ai l'habitude de l'entendre. Quand ils se sont calmés et que j'ai pu m'asseoir pour manger, la Mystique est venue me demander si j'avais aimé l'aventure.

– Je me suis perdue et je me suis retrouvée, rien de plus, mais c'est mon karma. Tu ne crois pas ? C'est ce que tu me dis toujours.

– Exactement, toi tu te perds, mais jamais complètement. – Elle a ajouté en baissant la voix : – Il y a un truc dont je voudrais parler avec toi.

La Mystique était convaincue, comme moi, que le Français nous avait arnaqués depuis le début et qu'il n'avait aucune intention de nous payer à La Havane. Elle m'a dit alors qu'à Cuba, Sonita et elle avaient monté une chorégraphie. Un truc sympa, rien à voir avec les clowneries de notre "carnaval" pour touristes. Leur idée était de ne pas rentrer à Cuba, mais d'aller à Madrid, où la Mystique avait un ami qui les aiderait à programmer leur spectacle quelque part. Il était dans le milieu de la danse, un type fiable, elle le connaissait très bien et elle savait, en plus, que tout allait marcher, elle s'était tiré plusieurs fois les cartes et le tarot était formel.

– J'ai trente ans, ma belle, et en danse, l'horloge est comme une machette coupeuse de têtes, n'oublie pas ça. Si je ne me lance pas maintenant dans un grand projet, j'aurai de moins en moins d'opportunités.

Évidemment, a-t-elle poursuivi, pour aller à Madrid, s'y installer et se bouger pour le spectacle, il fallait de l'argent. Elles comptaient sur ce qu'elles allaient gagner à Marseille et l'arnaque du Français avait tout foutu en l'air, puisqu'il nous avait payés une misère. Mais la Mystique avait l'intention de ne pas renoncer. Son plan était d'aller à Madrid présenter son spectacle et elle a juré que c'était exactement ce qu'elle allait faire.

Elle m'a raconté tout ça et moi je lui ai souhaité bonne chance, même si je ne comprenais pas pourquoi elle me l'avait raconté.

– Toi, tu es une battante, elle m'a dit avec un grand sourire, avant d'ajouter : – En plus, tu es danseuse.

Sonita avait fait marche arrière. C'était le grand problème, après avoir tout prévu, Sonita avait dit à la Mystique qu'elle voulait rentrer à Cuba parce que son copain lui manquait, qu'il l'attendait. La Mystique était convaincue qu'en fait, Sonita avait pris peur après l'arnaque parce qu'elle, ce n'était pas une battante, résultat, elle l'avait plantée là.

– Et dans mon spectacle, il faut qu'on soit deux. En plus, à deux on est plus fortes que toute seule. Tu m'as comprise ? Tu restes avec moi ou il y a aussi quelqu'un qui t'attend à Cuba ?

Elle m'a posé la question et je l'ai regardée un instant. Est-ce que quelqu'un m'attendait ? J'ai repensé à la tête de papa quand j'y étais allée faire mes adieux et à ce que m'avait dit maman, et même à Clarita. Et non, *rianderrian*. Moi, personne ne m'attendait. En plus, pas question de revenir la queue entre les jambes. Il fallait que je leur montre, à papa, à maman, à Clarita et à moi-même, surtout à moi-même, je devais démontrer ma propre valeur à moi-même ; démontrer que ce que je faisais servait à quelque chose. Je savais qu'aller de Marseille à Madrid, ça ne serait pas pareil que de Cienfuegos à La Havane, mais comme la Mystique l'avait bien dit, à deux on serait plus fortes que toute seule. Et mon karma, même si c'étaient des conneries, il était lié au mouvement. Donc, au bout de quelques secondes, j'ai accepté sa proposition.

Le lendemain, on a quitté la pension de bonne heure sans rien dire aux autres. On a été dans l'appartement d'une copine d'une copine de la Mystique avec laquelle elle s'était déjà mise d'accord. La fille partait en vacances et elle nous laissait son appart pour qu'on s'occupe de ses plantes et de son gros chat roux qui était super sympa.

C'est là qu'on a surnommé "la tirelire" le petit chapeau de la Mystique et que nous avons commencé à danser dans la rue. Nous avons gagné un peu d'argent comme ça, et moi j'ai appris peu à peu la chorégraphie. Finalement, on est restées à Marseille un peu plus que prévu. Quand on est parties, la chorégraphie était au point. Un spectacle était terminé, mais le suivant était sur le point de commencer.

Deux heures ont sonné à la Sagrada Familia. Je me suis arrêtée. Je venais de refaire en entier la chorégraphie apprise à Marseille. Celle de la Mystique. On dansait sur une chanson du groupe Ibibio Sound Machine intitulée "Quiet" et, même si la musique était du genre tranquille, les mouvements étaient énergiques.

Entre ça et le soleil, j'avais le tee-shirt complètement collé à mon dos. Je me sentais poisseuse mais bien, parce que plusieurs touristes s'étaient arrêtés pour me voir et que sur mon blouson il y avait pas mal de pièces. À ce rythme, j'allais pouvoir tenir un peu plus longtemps dans la rue. Même s'il fallait que je fasse un break, parce que là j'étais morte de faim.

À quelques pas de moi, l'autre continuait à jouer des castagnettes. Il y avait un type devant lui avec un gros micro à la main. J'ai regardé partout autour mais je n'ai rien vu ressemblant de près ou de loin à une équipe de tournage. Apparemment, le type était en train de l'enregistrer et lui continuait comme s'il n'était pas concerné. Ça m'a d'abord semblé bizarre que quelqu'un ait l'idée d'enregistrer, et ensuite que le joueur de castagnettes ne proteste pas. Il a continué à jouer, *clac-clac-clac, clac-clac-clac*, jusqu'à ce que l'autre baisse son micro et sorte son portefeuille. Il lui a acheté un tas d'éventails. C'était absurde. L'autre avait beau jouer et jouer, je n'avais jamais vu personne lui acheter des castagnettes. Rien que des éventails.

Le type avec le micro a tout rangé dans son sac à dos, et a tourné le dos au joueur de castagnettes. Moi j'étais toujours debout devant mon blouson et, en passant à côté de moi, le type s'est penché pour déposer un euro. Je lui ai dit merci. Il m'avait sûrement vue danser. Je suis la Giselle de la Sagrada Familia, je me suis dit, en rassemblant mes affaires.

Je ne voulais pas m'éloigner trop de l'endroit où Raviel pouvait me voir, mais je ne voulais pas non plus déjeuner au soleil et, comme sur le trottoir d'en face, celui de la place, il y avait de l'ombre, je me suis dit que ce serait un bon endroit pour m'asseoir, même si c'était par terre. En passant à côté du joueur de castagnettes je me suis arrêtée pour attendre que le feu passe au rouge.

– Les affaires vont bien aujourd'hui, non ?

– Comme ça, il m'a dit sans interrompre son clac-clac-clac.

Quand le signal est passé au vert pour les piétons, j'ai traversé. À ce coin de rue, il y avait une petite grille qui protégeait le jardin de la place, j'ai posé par terre le magazine de décoration et je me suis assise dessus en m'adossant à la grille. J'ai commencé par compter combien j'avais gagné. Je me sentais comme Martina, le petit cafard du conte pour enfants, avec sa pièce de monnaie, et ça m'a fait sourire.

Une des fois où j'étais allée chez mes parents, alors que je vivais à La Havane depuis des années, j'avais apporté comme cadeau à Clarita le livre *La Cucarachita Martina*. Elle pouvait avoir six ans. Je me suis mise à lui lire l'histoire, mais j'y ai fait quelques changements. La petite souris Pérez, au lieu de vouloir dormir et se taire, proposait à Martina de s'amuser ensemble dans le lit. Je trouvais ça plutôt drôle. La petite souris venait d'enlever sa chemise et s'apprêtait à retomber sur Martina, quand maman est entrée dans la chambre. En m'entendant, elle a fait une drôle de tête. Elle m'a arraché le livre et m'a incendiée : et que j'étais une irresponsable, et comment je pouvais raconter des choses pareilles à ma sœur, et qu'on ne pouvait pas me laisser seule avec une enfant. Moi je crois que ma version plaisait à Clarita. Au fond, ce n'étaient rien qu'une souris dégoûtante et un cafard dégoûtant en train de jouer sur un lit. Mais maman n'a pas pu s'empêcher. Elle trouvait toujours quelque chose de mal dans tout ce que je faisais. Ou, plus précisément, dans presque tout.

Après avoir rangé mes pièces, j'ai sorti mon repas et mordu dans ma première bouchée. Même si le pain était à moitié caoutchouteux et la mortadelle un peu flapie, j'ai trouvé ça royal.

Quand j'ai relevé la tête, j'ai vu le joueur de castagnettes en train de ramasser en vitesse ses affaires. Il a tout mis dans son sac à dos, et après avoir enroulé sa couverture il a traversé vers le côté où j'étais, mais sans venir vers moi. Je crois qu'il ne s'est même pas rendu compte de ma présence. Il est passé à une certaine distance et est parti dans la rue latérale en se mêlant à la foule, comme s'il était lui aussi un touriste. Ou il avait une urgence, ou une patrouille de police était dans le coin. J'ai pensé que je n'aurais pas dû lui dire ce que je lui avais dit au début parce qu'il était fichu d'imaginer que c'était moi qui avais appelé la police. J'ai regardé de tous les côtés, mais je n'ai vu aucune patrouille. Impossible. Il ne pouvait pas penser une chose pareille de moi. Je lui avais même juré que je partirais dès que mon ami se pointerait. Non, il ne pouvait pas se dire ça, je me suis dit en reprenant mon sandwich.

Le joueur de castagnettes n'a pas tardé à revenir. Là non plus il ne s'est pas rendu compte que j'étais assise par terre. Il était en pleine conversation avec un autre type qui portait aussi un sac à dos. Ils ont traversé. Et arrivés à notre endroit sur le trottoir d'en face, ils se sont quittés avec un geste de la main. L'autre a continué sa route et mon voisin s'est mis à redéployer les objets sur sa couverture. S'il était de retour, cela signifiait que le danger était passé. Il n'avait plus besoin de fuir.

Raviel m'avait dit un jour que je donnais parfois l'impression de fuir quelque chose, que j'étais toujours en mouvement, en train de courir, pressée. Et même s'il ne trouvait pas cela mal, il pensait que de temps à autre ça ne faisait quand même pas de mal de s'arrêter pour réfléchir. Le problème, il m'a dit, c'était que moi je m'y refusais, que je préférais d'abord m'envoler, comme mes oiseaux.

Raviel est un sorcier. Il avait l'intuition de quelque chose. Il savait sans savoir qu'il savait. C'était comme s'il était sûr qu'il existait quelque chose que je n'avais pas voulu lui raconter. Raviel est un sorcier. Il a toujours su voir mes deux visages dans le miroir. Ma lumière et mon ombre. Ma Giselle et ma Wilis. Mais Raviel se trompait sur une chose : je n'étais pas en train de fuir. Non. Je ne fuyais pas. Voler, ce n'est pas fuir. Voler, ça sert à s'éloigner mais aussi à s'approcher et c'était ce que je faisais, voler loin, très loin, pour atteindre mes rêves.

Quand j'ai appelé chez moi depuis Marseille pour leur dire que j'allais rester un peu plus en Europe, c'est maman qui a répondu au téléphone. La seule chose dont je ne lui ai pas parlé, c'est de l'arnaque du Français, mais je lui ai dit tout le reste : que le spectacle dans les hôtels avait été un succès, que j'avais reçu une nouvelle offre de travail et que j'étais pleine d'espoirs. Maman a trouvé ça très bien. Elle m'a de nouveau dit qu'il fallait que je me trouve un mari européen et que je reste là-bas, que je savais à quel point tout était toujours difficile à Cuba, même si, grâce à Dieu et à la Sainte Vierge, eux allaient bien. Reste là-bas, ma fille, ne rentre pas, a-t-elle répété. Parfois je me disais qu'elle avait peur que je sois prise d'une soudaine crise de maternité et que je veuille lui arracher Clarita. C'était pour ça qu'elle me préférait loin, bien loin. Imbécile de maman. Clarita est sa fille. Moi j'ai été le corps qui lui a permis de se former, la chrysalide du papillon. Rien d'autre.

J'ai mastiqué de bon cœur mon dernier morceau de sandwich. Dans la position où j'étais, je me sentais comme dans une loge d'où je pouvais tout regarder. Devant moi défilaient des jambes et encore des jambes. De l'autre côté de la rue il y avait le joueur de castagnettes. Et là, ma tête s'est envolée et je me suis vue en train de danser à côté de l'arbuste. J'ai vu mon dos se ployer, mes bras fendre l'air, avec force et douceur, au rythme lent de “Quiet”, dans la chorégraphie de la Mystique. Me voir danser moi, ça m’est seulement arrivé devant un miroir ou sur une vidéo, mais la vérité vraie, c’est que je voudrais pouvoir me regarder comme si ce n’était pas moi et dire : j’aime ou je n’aime pas, j’aime seulement un petit peu ou j’adore, formidable ou pas indispensable. Ce genre de trucs.

Après avoir avalé le sandwich, j’ai bu le fond de la bouteille d’eau. Devant moi le défilé de jambes se poursuivait. Pour les gens, je devais être une touriste parmi d’autres en train de se reposer face à la Sagrada Familia, avant de se lever, de risquer peut-être sa vie pour une photo, et de poursuivre son chemin.

Personne ne pouvait imaginer à quel point j’étais perdue. Sans la regarder, j’ai posé ma main droite sur mon poignet gauche.

La veille de notre départ de Marseille, la Mystique et moi on est allées se promener sur le Vieux-Port. À un moment, on s’est arrêtées pour regarder les bracelets qu’un Africain vendait. Mon amie a choisi une tresse bleue avec des petits coquillages blancs et m’a demandé s’il me plaisait. Je lui ai dit que oui. Elle a sorti son porte-monnaie. Je lui ai demandé en riant si elle voulait m’attacher parce qu’elle avait peur que je la plante au dernier moment, comme Sonita, mais elle a secoué la tête en disant que j’étais bête.

– Ce cordon ressemble à la mer. Comme tu dis que la mer est ton repère, je veux te l’offrir, parce que si tu emportes la mer avec toi, tu ne te perdras plus. Tu comprends ?

Mystique-Marseille.

J’ai serré mon poignet très fort. Encore un porte-bonheur pour ne pas me perdre que le voleur de Barcelone m’avait arraché, mais j’allais cesser d’être perdue. Il fallait que je retrouve mon ami. Un pipi et tu danses, je me suis dit en me levant d’un bond.

Ce que j'avais dit à maman au téléphone était vrai. J'ai débarqué à Madrid avec beaucoup, beaucoup d'espoirs. On a été accueillies par Nacho, un Andalou super sympa, qui avait été l'élève de la Mystique dans un cours qu'elle avait donné à La Havane. L'élève était devenu l'amant, puis l'ami, et là il venait de se transformer en notre ange gardien.

Nacho avait divorcé deux fois, avec un enfant à chaque fois, et il connaissait un tas de monde dans le milieu de la danse. Pendant des années, il avait été organisateur d'événements, mais il en avait eu marre et avait décidé d'ouvrir, avec un associé, une école de danses latinos. C'est là qu'on s'est installées avec la Mystique, dans une petite pièce, dormant sur des matelas par terre et faisant la cuisine sur le petit réchaud qu'il nous avait lui-même installé. Il nous a en plus engagées pour remplacer deux profs qui étaient en vacances et on a commencé à gagner un peu d'argent comme ça.

On était à Madrid depuis très peu de temps quand Nacho a réussi à nous faire inviter dans un festival organisé par une de ses connaissances. C'est là qu'on a présenté pour la première fois la chorégraphie de la Mystique. Telle qu'elle en parlait : un truc sympa qui a été applaudi et nous a remplies de joie. On est reparties avec plein de contacts.

Évidemment, un festival est une chose et la vraie vie une autre. On a présenté le spectacle dans plusieurs endroits. Certaines fois on nous applaudissait. D'autres, on faisait à peine attention à nous. La vérité vraie, quand les gens voyaient débarquer deux Cubaines, ils s'attendaient à plus de mouvement, de sensualité. Et notre truc était à moitié intello, c'est ce qu'un type nous a dit un soir et la Mystique l'a envoyé se faire foutre.

Tous ces premiers temps, on cherchait, on se démenait, certaines qu'on allait réussir. On était sur le bon chemin. Des contacts, des dates pour le spectacle. Des petites choses encore, mais qui avaient de l'importance pour nous.

Quand Nacho a commencé à se bouger pour nous obtenir des papiers, la Mystique et moi on a décidé de chercher un autre endroit où habiter. Continuer à squatter l'école, c'était abuser de notre ange gardien. En plus, payer un loyer, ça pouvait aider pour les papiers. Et on a pris une chambre dans un appart en colocation avec une étudiante norvégienne et un Allemand.

Et un beau jour il est arrivé ce que j'avais déjà imaginé : la Mystique n'est pas rentrée dormir. Nacho et elle avaient décidé de reprendre l'histoire commencée à La Havane. Et on est comme ça devenus une sorte de famille. Mon amie habitait toujours avec moi, mais elle restait souvent chez Nacho. C'était comme si elle et moi on était sœurs et eux deux fiancés. On sortait tous les trois et on terminait souvent dans le bar où travaillait un Cubain avec qui on est devenus amis. Vitico était serveur, mais il donnait aussi au même endroit des cours de salsa et il n'arrêtait pas de nous proposer des trucs, monter un spectacle à nous trois, que l'une de nous soit sa partenaire pour se présenter dans des concours, il avait tout le temps des idées. Ça ne nous intéressait pas. On avait notre propre projet, mais Vitico était sympa. Et on y revenait toujours, pour boire des bières et danser.

Un soir, Nacho nous a dit qu'il avait du nouveau pour nous. Une de ses copines, ou plutôt, pour être exact, la mère de l'un de ses enfants, qui avait été danseuse et était branchée sur des projets communautaires, voulait créer une compagnie de danse contemporaine avec des femmes immigrées. Même si, jusque-là, la Mystique et moi on s'était présentées partout en dansant toutes les deux, on a estimé qu'une compagnie pouvait être une bonne opportunité. Ce qu'on faisait n'était pas si simple à tenir. En plus, Nacho nous a promis qu'il parlerait de nous. On est allées à l'audition.

Quand on nous a dit que oui, qu'on était toutes les deux retenues pour le projet, mes feux d'artifice ont à nouveau volé haut dans le ciel. Ça faisait dans les neuf mois qu'on était à Madrid. On dirait que cette fois, les portes commencent à s'ouvrir, a dit la Mystique. Oui, oui, oui, je lui ai dit.

La compagnie s'appelait Son y Soles. C'était un jeu de mots, la directrice s'appelait Sonsoles et le but était de créer des chorégraphies de danse contemporaine avec des rythmes des différents pays où elle était allée. D'entrée, Sonsoles et la Mystique se sont mal entendues. Selon mon amie, le nom de la compagnie était idiot, un signe d'égocentrisme. Elle ne le lui a bien sûr pas dit mais elle a commencé à discuter certains choix de chorégraphie et à faire des suggestions, ce que Sonsoles n'a pas apprécié. Elle n'a pas non plus beaucoup apprécié d'apprendre que Nacho, le père de son fils, avait une histoire avec la Mystique. Elle ne le savait pas le jour de l'audition, mais mon amie n'a pas tardé à le lui apprendre. Résultat, peu après le début des répétitions elles se sont disputées en présence du groupe. La Mystique a menacé de s'en aller et Sonsoles a répondu : parfait. Comme ça, toutes les danseuses seront d'une nationalité différente, ce qui lui semblait préférable. Pour remplacer mon amie, Sonsoles a engagé une Brésilienne.

Ça m'a rendue un peu triste que nos routes commencent à se séparer. Mais la Mystique l'a bien pris. Elle a dit que ça ne pouvait qu'exploser, et qu'il valait mieux qu'elle s'en aille vite avant que Sonsoles décide de nous virer toutes les deux. On savait l'une comme l'autre l'importance de ce boulot pour moi. Pas parce que j'allais gagner beaucoup d'argent – ce n'était pas le cas –, mais à cause de ce qu'il signifiait d'un point de vue professionnel.

Je sais qu'au début on pensait continuer à créer des choses ensemble. Mais je sais aussi qu'on a commencé à manquer de temps. Nacho l'a engagée comme prof titulaire dans son école. J'ai continué à faire des petits boulots. Depuis mon arrivée à Madrid, j'avais dansé dans la rue, été serveuse, prof remplaçante et même balayeuse à l'école. J'ai continué à gagner ma vie comme je pouvais mais, par-dessus tout, je me suis concentrée sur les répétitions du premier spectacle de Son y Soles. C'était ma vie.

On dit qu'un colibri peut battre des ailes cinquante-cinq fois par seconde. Les mois ont défilé et c'est à ça que je ressemblais : à un colibri. Après le premier, qui a très bien marché, nous avons commencé à travailler sur le deuxième spectacle de la compagnie. J'étais surexcitée et heureuse. Pleine d'espoir que le meilleur était encore à venir.

Un jour, la Mystique m'a dit qu'elle voulait me parler. Son histoire avec Nacho était du sérieux et ils projetaient de vivre ensemble. Et là, elle m'a dit qu'elle devait m'avouer quelque chose. À Marseille, elle m'avait un peu menti. Elle m'avait dit qu'elle avait trente ans, mais en fait elle s'était un peu rajeunie parce qu'elle ne voulait pas qu'on sache qu'elle était la plus vieille du groupe. Nous, danseuses, on pouvait se permettre de jouer à ça, grâce à la condition physique, mais ce n'était qu'un jeu, parce qu'au bout du compte, le corps a l'âge qu'il a. L'horloge, personne ne pouvait la tromper.

– Et moi j'ai trente-six ans. Tu comprends ? J'ai envie d'avoir des enfants. Tu es plus jeune et tu as plus le temps, mais moi il faut que je m'y mette. C'est la chose la plus importante qui puisse arriver à une femme.

J'ai souri. Je n'étais pas du tout d'accord avec sa dernière phrase, mais je ne le lui ai pas dit, bien sûr. Je lui ai dit que j'étais très contente pour elle, pour tous les deux.

La Mystique a poursuivi ses explications. Cela faisait longtemps qu'elle avait conscience qu'elle ne serait jamais une très grande danseuse, mais sa carrière n'avait pas mal marché. Elle lui avait même permis de voyager et de rencontrer Nacho. Mais elle me l'avait déjà dit et elle me le répétait :

– En danse, l'horloge est comme une machette coupeuse de têtes. L'important, c'est de savoir où on en est et quand les choses se terminent.

Nacho et elle avaient beaucoup parlé. Il avait cinquante ans et deux enfants, mais il était prêt à être de nouveau père. Elle, elle voulait se retirer, arrêter la folie de devoir chercher où danser, se consacrer à l'enseignement. Nacho en avait marre de Madrid, il avait envie de retourner en Andalousie. Dans une ville plus petite il pourrait ouvrir une autre école et elle, la perspective l'enthousiasmait : connaître un nouvel endroit, travailler, fonder une famille. La Mystique n'avait qu'un problème : moi.

– Je t'ai embarquée dans ce voyage, Giselle, pas question de te laisser seule. Viens avec nous, on est presque une famille, on peut donner des cours de tas de choses, on s'inventera des trucs, aucun doute.

J'ai souri. Et quand j'ai commencé à lui parler de mon karma, elle aussi a souri. Elle savait que je n'avais jamais très bien compris ces histoires de karma. Si je lui en parlais, c'était parce que je ne trouvais pas d'autre façon de lui dire que je n'allais pas la suivre. Je n'avais pas ma place dans leur histoire de couple. Elle ne m'avait pas embarquée. C'était moi qui l'avais voulu, parce que danser était tout pour moi et c'est ce que je faisais. J'avais trouvé mon chemin. Et je devais le poursuivre sur mes propres jambes.

Le départ, on l'a fêté au bar de Vitico. Il a servi bières sur bières, et m'a redit qu'il était disponible pour des projets de danse avec moi, salsa, rumba, tout ce que l'on voudrait. Ce soir-là, la Mystique et moi on a pas mal picolé et on a même pleuré, mais juste un peu. Elle m'a promis que si j'avais le moindre problème, elle viendrait à mon secours. Je lui ai promis de ne jamais enlever le bracelet qu'elle m'avait offert à Marseille.

Mais je n'ai pas tenu ma promesse. Je l'ai perdu. Je me suis perdue.

De retour à mon poste, le soleil tapait toujours aussi fort. Même si je m'étais un peu rafraîchie aux toilettes, je me sentais mal à l'aise, parce que mes vêtements sentaient la transpiration. Les gens continuaient à défiler autour de la Sagrada Familia, et le joueur de castagnettes n'avait pas bougé. Je l'ai observé.

Mais quand donc ce type mangeait-il, urinait-il ? Je ne l'avais vu s'éloigner qu'une fois, quand il avait dû partir en courant. À part ça, il ne bougeait pas d'un pouce. J'aurais bien aimé connaître son histoire. Tout le monde a une histoire plus ou moins terrible. Quelle était la sienne ? Son rêve n'était sans doute pas de jouer des castagnettes pour les touristes en face de la Sagrada Familia. Savoir en jouer, savoir vraiment, on ne pouvait pas dire que c'était son cas, mais il était là : *clac-clac-clac*, *clac-clac-clac*. Peut-être pendant ce temps pensait-il à ses véritables rêves. Je me suis même dit que je pourrais m'approcher pour lui demander : moi, ce que j'ai toujours voulu, c'est danser. Et toi ? Parfois c'est plus facile de parler de ce qui nous fait mal avec un inconnu. J'ai eu envie de lui raconter mon histoire avec Clarita, que moi non plus je n'avais jamais rêvé que je danserais dans cette rue, que la Mystique aurait dit que j'étais là à cause d'un problème de karma. Mais qui sait si le joueur de castagnettes comprenait quelque chose au karma.

Je me suis dit aussi que Raviel serait très content d'apprendre à quel point j'avais réfléchi tous ces derniers jours. Il n'avait pas tort quand il disait que je n'aimais pas ça. Avant, quand on allait voir la mer et que lui se mettait à parler avec lui-même, comme il disait, moi je faisais autre chose : jeter des cailloux dans l'eau, danser, chercher des coquillages. Tout ce que l'on voudra. Mais ces derniers jours, c'était différent. Tout m'incitait à réfléchir. Au point que mon cerveau commençait à fumer.

J'ai cessé de regarder le joueur de castagnettes parce que s'il s'en rendait compte, ça risquait de ne pas lui plaire. J'ai laissé la bouteille à l'ombre du pot et je me suis éloignée de quelques pas. J'ai ensuite posé mon blouson par terre, ai jeté quelques pièces dessus pour inciter les spectateurs et je me suis redressée.

La première chose qu'on a dansée avec Son y Soles, c'était une *bomba* portoricaine, mais revue et corrigée façon danse contemporaine, bien sûr. C'était Marién Torres qui chantait. Ça débutait avec des maracas, puis venaient les tambours. Un son d'enfer. Avec des changements de rythme. Ça faisait se tordre la couleuvre dans mon ventre, j'étais possédée. La chanson s'appelait "Tambuyé". En souriant, j'ai commencé à entendre un tambour dans ma tête. Alors j'ai tourné sur moi-même, comme si j'étais une vague, et je me suis mise à danser.

Quand tu danses, le monde disparaît.

Si je ne m'asseyais jamais pour regarder la mer en silence, comme aurait voulu Raviel, c'était parce que je n'avais rien à me dire. La mer était un repère pour ne pas me perdre. Rien que cela. À Marseille non plus je ne l'avais pas fait. À Madrid, il n'y avait même pas la mer et, au fond, je ne voyais pas de quoi parler avec moi.

À Llançà, les premiers jours, oui, j'allais au bord de la mer avec Javi, mais pour parler avec lui. Tout allait encore bien entre nous. Il me serrait dans ses bras, me disait des choses romantiques. Mais après qu'il m'a surprise avec la lettre de Gérard, tout s'est délité petit à petit. Les accrochages ont commencé. J'étais tendue et il a fini par s'en rendre compte. Un jour où on se disputait, j'ai préféré aller m'asseoir seule face à la mer. Et j'ai emporté le portefeuille. Ça a commencé comme ça.

Je partais, d'abord juste moment, puis de plus en plus longtemps. Et je me suis alors mise à parler à Gérard. Mais je savais. À cet instant, tandis que je bougeais mon corps dans cette danse désespérée, je savais parfaitement qu'en fait, c'était avec moi-même que j'avais commencé à parler. Je ne suis pas complètement idiote.

Je me suis arrêtée pour reprendre mon souffle. J'étais morte de chaleur et sur mon blouson il n'y avait toujours que les pièces que j'y avais moi-même mises. Les gens passaient sans s'arrêter. Ils ne s'arrêtaient pas plus devant le joueur de castagnettes, ni pour l'écouter ni pour lui acheter quoi que ce soit. Je me suis adossée au pot avec l'arbiste. L'eau était tiède, mais elle m'a au moins enlevé la sécheresse dans la bouche. J'ai ressorti la photo de Gérard avec la petite fille.

Si cet homme n'avait pas perdu ses affaires, peut-être que je ne me serais jamais mise à analyser tout ce qu'il m'était arrivé. Mais j'en étais là. À essayer depuis tout un tas de jours de mettre de l'ordre dans ma tête et dans ma vie. Et tout ça grâce à un type, que je ne connaissais même pas, qui avait oublié son portefeuille dans le tiroir d'une table de nuit.

– Je me suis servie de toi, Gérard. J'ai commencé par parler avec toi et, au bout du compte, j'ai fini par parler avec moi.

Je fixais ses lunettes. Comme si, en les regardant intensément, j'avais pu passer à travers le verre, arriver à ses yeux, et les voir enfin. Et là j'ai senti de nouveau le pincement à l'estomac.

– Qu'est-ce qui t'est arrivé, Gérard ? Là, c'est à toi que je parle, je lui ai dit en bougeant la photo et en l'approchant de mon visage. – Pourquoi tu as perdu ton portefeuille ? Il t'est arrivé quelque chose ?

L'inquiétude est revenue. J'ai baissé les bras pour ne plus voir la photo et, en relevant la tête, je me suis rendu compte que le joueur de castagnettes me regardait. Je suis restée un peu bête. Le type venait de me surprendre en train de parler à une photo, et pour ne pas en rester là je lui ai souri en lui faisant un geste de la main. Il m'a regardée avec un air dont je ne savais pas si c'était merde-quand-est-ce-que-tu-dégages ou j'aime-bien-ta-compagnie mais, au même moment, lentement, il a levé la main tout en bougeant la tête comme s'il répondait à mon salut. Ça n'a duré qu'un instant. Il s'est apparemment rendu compte qu'il avait fait quelque chose d'inhabituel parce qu'il s'est empressé de regarder ailleurs. Mais, même s'il ne m'a pas souri et n'a rien dit, son geste m'était bien destiné, et il m'a complètement apaisée.

Non, *rianderrian*, me suis-je dit, il n'était rien arrivé à Gérard. Le soleil me tapait sur la tête. J'ai rangé la photo sans même la regarder et j'ai repris ma position, devant mon blouson.

Les touristes de l'après-midi étaient plus pingres que ceux du matin. Je ne sais pas si c'étaient eux qui à cette heure-là avaient déjà trop dépensé en babioles, ou si c'était moi qui ne faisais pas mon maximum. Je devais me concentrer. J'ai de nouveau pensé à Son y Soles. Les six filles prêtes à se lancer. Bruit des maracas, des tambours, on danse, et quand tu danses, le monde disparaît.

Nous étions six *soles*, six soleils de différents pays : Brésil, Colombie, Cuba, Inde, Maroc et Mozambique. Prêtes à danser au rythme de n'importe quelle musique, à la ressentir et à nous laisser porter et à être heureuses. Le soir où Javi m'a vue danser pour la première fois avec Son y Soles, il a dit que cette danse me ressemblait. Ça m'a fait sourire.

J'ai souri et j'ai dansé. Les cloches de la Sagrada Familia ont sonné. J'ai continué à danser. À bouger dans l'espace. À respirer. Dans un mes tours sur moi-même, j'ai vu que des touristes s'étaient arrêtées devant moi. J'ai terminé l'enchaînement.

C'étaient deux Asiatiques, très jeunes, grandes et filiformes. Gooood, a dit l'une d'elles en se baissant pour déposer des pièces. Cela m'a fait énormément plaisir. *Sankyou*, j'ai répondu avec un sourire. L'autre a alors levé un bras et tourné sur elle-même avant de se pencher pour déposer d'autres pièces. Dancers? j'ai demandé et elles ont hoché la tête en souriant. Good, sankyou vérimeuch, j'ai bredouillé avec l'espoir qu'elles n'entament pas la conversation parce que, la vérité vraie, je ne parle pas anglais. Mais heureusement, elles n'avaient rien d'autre à me dire, juste bye bye.

Je les ai vues passer près du joueur de castagnettes, sans même le regarder. Il continuait à jouer. Sous le soleil. Dans la même position, avec la même expression et le même rythme. Dans la poussière soulevée par les voitures. Presque comme moi, perdu et obstiné. J'ai de nouveau pensé aux tambours, j'ai tourné sur moi-même et le monde a doucement commencé à disparaître.

Quand j'ai rencontré Javi, je venais d'avoir trente ans et c'était le premier anniversaire de Son y Soles. Ma vie avait un but. Avec la compagnie je gagnais peu, mais avant leur départ, Nacho avait eu encore la gentillesse de parler à son associé, qui m'avait engagée comme prof permanente à l'école. Ça venait en complément et je pouvais payer toute seule la chambre que je partageais avant avec la Mystique. Mes colocataires étaient l'étudiante chinoise et le Slovène, avec lesquels je n'avais jamais eu beaucoup de relations.

La question des papiers était également résolue. Après de multiples démarches, une autorisation de résidence temporaire nous a été accordée à la Mystique et à moi. De ce côté, j'étais donc tranquille, au moins pour un certain temps. Vis-à-vis de Cuba, les choses n'étaient pas réglées parce que, même si mon passeport n'était pas arrivé à expiration, j'étais censée demander une prolongation obligatoire, mais je ne l'avais pas fait, parce que ça coûtait très cher et que, de toute façon, je n'avais pas l'intention de rentrer pour le moment.

Chaque fois que j'appelais à la maison, c'était maman qui répondait : elle avait quelque chose sur le feu qui risquait de brûler, ou bien papa était sorti avec Clarita, ou alors Clarita était sous la douche et il fallait qu'elle lui apporte la serviette. Résultat, je ne pouvais parler avec elle que quelques instants et toujours pour entendre la même chose : reste là-bas, grâce à Dieu nous allons bien, ne reviens surtout pas. Et la vérité vraie, je n'en avais pas l'intention. Pas seulement parce que personne ne m'attendait, mais parce que ma vie avait commencé à se construire et que cela me rendait très heureuse.

Pour célébrer l'anniversaire de la compagnie, Sonsoles avait réservé dans un restaurant. On a toutes dîné ensemble. Ensuite elle a dû partir et moi j'ai emmené les filles au bar de Vitico. À un moment, j'ai quitté la table pour aller parler un peu avec mon ami derrière le comptoir, mais comme il était en plein travail, notre conversation était entrecoupée.

J'en étais là quand Javi s'est approché pour demander une bière et poser une question sur les cours de salsa. Vitico l'a renseigné et, tout en le servant, m'a montrée en précisant : elle danse super bien. Javi et moi on s'est regardés : il a souri et c'est la première fois que j'ai vu ses fossettes se creuser.

Ça faisait moins de dix minutes qu'on parlait et je le trouvais déjà super.

Javi aime danser. Pas de la même façon que moi, lui c'est juste pour s'amuser, mais il adore ça. Ce soir-là, on a commencé à danser et on n'a plus arrêté. Peu avant la fermeture, ils ont mis la chanson de Fonseca. Pendant qu'on dansait, Javi la chantait tout près de mon visage et quand je l'ai entendu dire : *serre-moi, tiens-moi, danse avec moi cette dernière chanson*, je me suis dit que ce type me plaisait décidément énormément.

Après, il y a eu les petits messages. On est sortis un autre soir dans un bar, il y a eu la main dans la main, les sourires, une promenade nocturne, un dernier verre dans son appartement, et du sexe. Du sexe, il y en a toujours eu beaucoup entre nous : couchés, assis, debout, à poil ou à moitié habillés. Au début je me suis dit que ça n'avait rien d'extraordinaire. Un corps comme il y en a beaucoup. Une aventure agréable. Du plaisir pour le plaisir, mais petit à petit j'ai senti que ça devenait plus sérieux. Son envie de danser. Son corps. Les fossettes quand il souriait. Les conversations.

Je ne sais pas pourquoi, parfois le sexe donne envie de parler. C'est comme si on se sentait à l'abri en croyant que ce qu'on dit quand on est à poil va disparaître dès qu'on mettra ses vêtements. Que l'odeur du sexe s'en va en emportant les mots. Ça ne m'arrivait pas avec tout le monde, bien sûr. Parfois seulement, mais avec Javi ça s'est passé dès le début. Et beaucoup. Après le sexe, on avait envie de parler. Tout était terriblement simple.

Et comme ça, sans presque que je m'en aperçoive, le temps a passé. Quelque chose était sur le point d'arriver, mais je ne le savais pas. J'étais en train de connaître Javi et ça me faisait du bien. Je dansais, et ça me rendait heureuse. J'étais la plus chanceuse de la planète, parce que je dansais.

Et quand tu danses, le monde disparaît.

Le soir où Sonsoles a annoncé que la compagnie allait se produire pour la dernière fois, j'ai cru mourir. Pour nous les danseuses, la nouvelle est très mal passée. Elle seule a gardé son calme. Elle a dit que nous savions depuis le début que notre projet aurait une durée de vie limitée, et c'était vrai qu'elle nous avait prévenues, mais ce sont des choses qu'on oublie quand tout va bien.

Ce soir-là, elle a expliqué que toutes ensemble on était parvenues à ce que le projet dure un an et demi. C'était génial, mais on ne lui avait pas accordé de nouvelle subvention, et elle était obligée de dissoudre la compagnie. Elle a dit que l'heure n'était pas à la tristesse, qu'on devait se dire qu'on avait bien travaillé, et qu'on s'était amusées. Pendant que Sonsoles parlait, j'ai senti un pincement à l'estomac.

Un jour, quand j'étais petite, j'ai failli me faire piquer par un scorpion dans le jardin de la maison. Maman, qui faisait la lessive près de moi, m'a crié : tue-le ! Moi, sans réfléchir, j'ai pris une pierre et je l'ai écrasé. La bestiole avait encore les pattes qui bougeaient. Ça m'a dégoûtée, mais ça m'a aussi fait un peu peur.

Pendant que Sonsoles parlait, j'ai senti comme si un scorpion se promenait dans mon estomac, en me piquant lentement, comme pour me dire : mes pattes continuent à s'agiter, mais on vient de me fracasser une pierre sur la tête et d'un truc comme ça, on ne se sort jamais très bien.

Depuis le début, je m'étais accrochée à ce projet comme on s'accroche à un arbre quand il y a un ouragan. En me disant que j'étais arrivée quelque part, et qu'à partir de là je ne pourrais que monter plus haut.

En dix-huit mois la compagnie s'était présentée dans plusieurs endroits et avait participé à des festivals. Même si on ne sortait jamais de Madrid et ses environs, c'était comme si on voyageait à travers le monde grâce aux rythmes très différents sur lesquels on dansait. Il m'arrivait d'aller au théâtre voir un spectacle de danse avec les filles du groupe. Je m'entendais bien avec toutes, même si on ne pouvait pas dire qu'on était amies. On était juste des camarades de rêve. On rêvait au jour où nous aussi on débarquerait dans ce théâtre important où on aurait des loges élégantes pour se changer et où les gens paieraient pour nous voir et auraient les mains rougies par les applaudissements.

Durant ces dix-huit mois, j'ai été très heureuse. Il m'est arrivé de pleurer, parce qu'il y a des choses qui font pleurer, mais seulement parfois, seulement de temps à autre. La plupart du temps, je souriais. J'ai été Martha Graham, Katherine Dunham, Pina Bausch et Luz María Collazo et Rosario Cárdenas et Marianela Boán. J'ai été toutes les danseuses que j'ai aimées, tous les mouvements que j'ai essayé d'imiter, chaque minuscule douleur dans chaque minuscule morceau de mon corps et des leurs.

Tout cela rapetissait à mesure que Sonsoles parlait et que la réalité reprenait ses droits. Et la réalité, pour moi comme pour les autres, c'était donner des cours de danse dans une école ou passer sa journée avec un seau et une serpillière ou servir dans un bar ou être au téléphone dans un call center ou s'occuper d'un vieux ronchon.

La réalité, c'était qu'il fallait reconstruire le rêve depuis le début.

Ce soir-là, j'ai eu envie de dire des horreurs à Sonsoles. Si je ne l'ai pas fait, c'est qu'au fond je savais depuis le début qu'elle nous avait prévenues que le projet avait une date de péremption. Mais j'étais tellement contente que je n'y avais pas repensé une seule seconde jusqu'à la fin.

La dernière fois où j'ai dansé avec Son y Soles, j'ai essayé de ne pas penser à la tristesse qui m'était tombée dessus. J'avais passé dix-huit mois dans une bulle, qui venait d'exploser sous mon nez. Ce soir-là j'ai dansé et, comme toujours, j'ai été très heureuse en dansant. Sonsoles a choisi pour la fin notre première chorégraphie de *bomba* portoricaine. Les maracas, puis le tambour. *Buyé, buyé*. Nos corps se tordaient. *Buyé, buyé, tambuyé*. Rythme et sueur. Cœur qui bat fort. *Buyé*. Lumières et calme. Jusqu'aux derniers applaudissements.

On a eu ensuite une petite fête de dernière où on s'est toutes promis de se tenir au courant du moindre projet. Et puis au revoir.

Comme c'était un samedi et que Javi était venu me voir, je suis rentrée avec lui à son appartement. On a baisé fort. J'avais très envie de baiser. C'était l'hiver, mais on transpirait. J'ai toujours aimé passer la langue sur le corps en sueur de Javi. Je ne l'ai pas beaucoup laissé se reposer. J'avais une putain d'envie de sexe, de terminer avec la chatte en feu. Après, quand il a dit qu'il n'en pouvait plus, il s'est endormi, mais pas moi.

Je me suis levée et j'ai tourné dans l'appartement. Le scorpion continuait à me mordiller l'estomac, mais j'étais consciente que je ne pouvais rien faire. Même si mes petites pattes étaient toujours en mouvement, l'histoire de notre compagnie était arrivée à son terme, parce que tout a un début et une fin. C'est comme ça et pas autrement. Comme le soleil qui se lève le matin : le soir, au lieu d'être triste parce que la lumière s'en va, nous courons jusqu'à la mer pour le voir disparaître dans l'eau qui l'aspire.

J'ai arrêté de danser. Il y avait moins de monde autour de moi. J'avais dansé comme une possédée. Quand, pendant que je tournais, j'ai vu le joueur de castagnettes replier sa couverture, je n'ai pas voulu m'arrêter. Et quand les touristes ont commencé à se faire rares, même si j'étais fatiguée, j'ai continué. Comme ça jusqu'à ce que je n'en puisse vraiment plus, et c'est alors que je me suis arrêtée pour éponger la sueur. Le joueur de castagnettes n'était plus là et Raviel n'était pas apparu. J'ai ramassé mes affaires pour aller au supermarché.

J'ai acheté les mêmes trucs que la dernière fois parce que ce n'était pas cher et que je savais que j'en aurais assez pour un dîner, un petit-déjeuner et un déjeuner.

Au moment de payer, la caissière aux ongles longs m'a jeté un bref regard, mais n'a rien dit. Elle a accepté les pièces que j'avais mises dans sa main et les a soigneusement séparées avec l'ongle de l'index, tout en les comptant. À la fin, elle m'a tendu une pièce de deux centimes qu'elle avait du mal à faire tenir entre ses doigts. Et là elle m'a regardée.

– Tu as trouvé la mer ?

– Non, je lui ai dit, surprise qu'elle se souvienne de moi, mais j'ai vite réagi. – En fait, oui, mais pas complètement, mais oui. Merci.

Ma réponse a dû lui paraître un peu bizarre. Elle l'était, mais je ne savais pas quoi lui répondre. Je lui ai rendu son sourire et lui ai dit ciao.

En sortant, j'ai hésité entre aller manger dans le parc de la Sagrada Familia et retourner à l'endroit de la veille. Franchement, si la caissière ne s'était pas souvenue de moi, la veille au soir m'aurait paru très lointaine. Parfois le temps est comme le fromage d'une pizza qui s'étire et s'étire. Il se coupe seulement quand je suis très fatiguée.

J'étais fatiguée et je voulais retrouver Raviel. Et j'ai donc décidé de ne pas m'éloigner. Je suis retournée à la Sagrada Familia, mais là, je me suis dit que si je m'asseyais sur un banc, avec tous les arbres sur la place, Raviel ne pourrait pas me voir. Et je suis donc restée à l'endroit où j'avais déjeuné. Ce n'était pas le trottoir du joueur de castagnettes, mais celui d'en face. Il était visible. J'ai posé le magazine de décoration à côté de la petite grille. Et je me suis assise jambes croisées.

Les terrasses des alentours étaient noires de monde. J'ai imaginé qu'à cette heure le joueur de castagnettes devait déjà être chez lui, peut-être en train de s'asseoir pour manger avec quelqu'un et ça m'a fait sourire. Et beaucoup des touristes qui m'avaient vue danser devaient être dans les restaurants en train de regarder la carte et de se demander ce qu'ils allaient commander. Peut-être que les deux danseuses asiatiques avaient envie d'une paella. Pourquoi pas ? Toutes les danseuses font de temps en temps une entorse au régime. En plus, elles étaient très jeunes, elles devaient être au début de leurs carrières.

En pensant à ça, mon envie de manger est partie. J'avais faim, mais je n'avais plus envie. J'ai été rattrapée par une de ces tristesses où tu te retrouves d'un coup comme sous un déluge avec nulle part où t'abriter.

Je n'étais plus danseuse. J'étais toujours prof dans une école et ça me faisait un peu danser, mais ce n'était pas pareil. Rien à voir avec ma passion.

Cela faisait six mois que Sonsoles avait dissous la compagnie. Et même si au début, je ne voulais pas trop y penser, là je voyais clairement que j'avais passé tout ce temps à me tordre comme une couleuvre blessée. Un jour sur deux, j'appelais mes ex-camarades, ou même Sonsoles et d'autres contacts, mais aucun nouveau projet n'avait surgi. Je me suis présentée à deux ou trois auditions et je n'ai pas été retenue. J'ai fait juste une fois un remplacement pour danser avec un petit groupe, mais c'était juste le temps d'un week-end. En dehors de ça, ni danses, ni chorégraphies nouvelles, ni projets. Rien. Lentement, je me rongeais les entrailles. Le scorpion se promenait dans mon estomac, *cratch-cratch*.

Désespérée comme je l'étais, je m'étais même mis dans la tête que Javi et moi devrions habiter ensemble. Je m'accrochais à ça. Et quand je le lui ai dit, parce que j'ai eu la bonne idée de le lui dire, Javi a dressé les oreilles comme font les chats quand on les dérange ou qu'ils se mettent à l'affût. Et il a dit aussitôt que notre histoire fonctionnait bien, qu'il ne fallait pas prendre ce genre de décisions précipitamment. Mais j'ai insisté, jour après jour, encore et encore, jusqu'à ce que j'aie l'impression qu'il commençait à prendre peur et j'ai alors arrêté. Je me suis rendu compte que je voulais imiter l'histoire de la Mystique. Sauf que mon histoire n'était pas la même que la sienne. Pas du tout. Pour être heureuse je n'avais besoin de vivre avec personne ni de fonder une famille ni rien de tout ça. Je voulais seulement une chose, la seule que j'ai toujours voulue.

Dans la rue une moto est passée en faisant un boucan de tous les diables. J'ai porté une main sur ma poitrine pour toucher mes oiseaux. De là, comme si les oiseaux l'avaient poussé, mon bras s'est levé jusqu'à former un arc. Très lentement. Il est monté jusqu'à ce que la main soit à la hauteur de mon nez, et j'ai alors fait de même avec l'autre bras : oiseaux, poussée, arc. Quand les doigts des deux mains se sont effleurés, les bras ont continué de s'écarter ensemble. Ils se sont arrêtés en haut. J'ai tenu la position et j'ai commencé à les agiter, comme si je volais. Mais très lentement.

Une fois, à Llançà, j'ai fait un rêve étrange. J'étais debout sur une falaise face à la mer. J'entendais mon nom, prononcé de la façon que j'aime, et je me retournais très vite, mais je trébuchais et tombais en arrière. Ma chute était très lente. Quand finalement mon dos touchait la mer, mes bras se transformaient en ancre et je coulais à toute vitesse. Tout mon corps s'était transformé en ancre qui tombait et tombait jusqu'à heurter le fond. Il soulevait tellement de sable que l'eau se troublait durant un moment. Mais là, soudain, les pales de l'ancre se transformaient en ailes et la tige en corps d'oiseau. Mon corps était un oiseau qui s'envolait très vite vers la surface. Et au sortir de l'eau, je continuais mon vol vers le ciel.

Ce rêve, je ne l'ai pas raconté à Javi. On avait commencé à se chamailler mais ce n'est pas pour ça que je n'ai rien voulu lui dire. C'est que parfois, quand on raconte ses rêves, les autres se mettent à les interpréter et à vouloir donner des conseils. Je n'aime pas ça. Et là j'avais parfaitement compris ce que ça voulait dire.

Peu avant les vacances à Llançà, j'avais fêté mes trente et un ans. Ce jour-là je n'ai pas arrêté de repenser à ce que disait la Mystique. Je pouvais presque entendre sa voix me le répéter : dans la danse, l'horloge est comme une machette coupeuse de têtes. Et c'était comme si chaque mot se plantait dans ma poitrine pour m'obliger à accepter quelque chose que je refusais : mon horloge avait commencé à être ma machette.

J'ai soufflé fort, baissé les bras si brusquement qu'ils ont heurté mes cuisses. J'ai alors incliné ma tête en arrière, en la collant à la grille.

Autour de moi il ne restait presque rien de l'incessante agitation autour de la Sagrada Familia. Les gens étaient aux terrasses des bars et des restaurants. La circulation était toujours dense, ça oui. Des bruits de moteurs de tous côtés. Et moi au milieu de tout ça, presque comme une Wilis échappée avant minuit. À terre. Stupidement seule.

J'ai senti qu'un nœud s'était formé dans ma gorge et je n'ai pas aimé ça. Surtout pas de pleurnicheries, me suis-je dit. Non, *rianderrian*. J'ai fermé les yeux, respiré fort. Ravalé ma salive. Je me suis plusieurs fois tapé doucement la tête contre la grille. Et quand j'ai rouvert les yeux, j'ai expiré de toutes mes forces.

Sur le trottoir d'en face, un peu plus loin, il y avait la façade de la Passion. Et moi, toujours pareille à cet édifice : d'un côté la passion et de l'autre la naissance. Je me suis dit que ça aurait été intéressant de savoir ce qu'en penserait la Mystique si je lui en parlais. Ça m'a presque fait sourire. J'ai alors porté la main à mon poignet gauche. J'ai d'abord serré fort. Très fort. Ensuite j'ai fait tourner mon poignet, d'un côté à l'autre, comme si je voulais en tirer des étincelles.

Clarita aussi m'avait offert un porte-bonheur.

La dernière fois que je suis allée à Renamagua, je ne savais pas que cela serait ma dernière visite avant longtemps.

Quand Clarita et moi on mangeait les mangues et qu'elle avait eu envie de danser avec moi, j'avais enlevé les bracelets, ceux de Maïkel et Raviel, pour qu'elle puisse mieux me saisir aux poignets. Et puis maman nous avait dit de rentrer à cause de la pluie. On s'est assises toutes les trois au salon et j'ai pris les bracelets pour les remettre.

Clarita les regardait et j'ai alors eu l'idée de lui dire que c'étaient des bracelets magiques, qu'on me les avait offerts pour que je ne me perde pas parce que j'étais très distraite, et que c'était pour ça que je devais toujours les porter. Après les avoir regardés et touchés, Clarita est soudain partie en courant dans sa chambre.

Elle est revenue avec un cordon de fils de couleur qu'elle avait tressé elle-même à l'école. Elle a pris mon poignet, et juste à côté de la chaînette de Maïkel, là et pas ailleurs, elle a attaché son cordon en m'expliquant que toutes les filles de son groupe en avaient un, mais qu'elle voulait me donner le sien parce que j'étais très distraite.

– Comme ça, tu ne te perdras pas, elle a dit toute contente, avant de me serrer contre elle et de conclure :
– Je t'aime, ma sœur.

– Moi aussi, je t'aime beaucoup, petite sœur.

Pendant qu'on s'enlaçait, je pouvais voir, par-dessus ses épaules, l'air sérieux de maman.

Clarita-Renamagua.

Cinq porte-bonheurs pour ne pas me perdre. Cinq porte-bonheurs qu'on m'avait volés à Barcelone.

J'ai cessé de toucher mon poignet et de la façade de la Sagrada Familia, mes yeux se sont tournés vers les immeubles avoisinants. Où Raviel pouvait-il bien habiter ? J'avais besoin de lui parler, de tout lui raconter depuis le début. Si avant, j'avais un peu honte de lui parler de Clarita, là, je m'en fichais. Lui et Sergio voulaient être parents, ils allaient adopter. Ok. Même si Raviel lui aussi décidait de mal me juger, j'avais besoin de lui balancer tout ce que j'avais gardé pour moi et de lui dire qu'avoir réfléchi durant autant de jours m'avait servi à quelque chose.

J'ai sorti le portefeuille de ma poche, et, comme si souvent, j'ai posé une photo sur chacune de mes cuisses : celle de Gérard avec la petite fille et celle de la femme. Et ainsi que je l'avais fait tant d'autres fois, je suis passée de l'une à l'autre, comme un chat qui suivrait un mouvement. Et j'ai fini par m'arrêter sur sa photo à elle.

– Mais tu es qui, toi ?

C'était la question que je me posais chaque fois que je regardais cette photo. Était-ce Yamina, la fille de Gérard ? Ou la mère de Yamina. Ou Carmen Roselló, celle du morceau d'enveloppe dans le portefeuille. Ou quelqu'un qui n'avait rien à voir avec cette histoire de père et de fille. Savoir qui était cette femme et ce qu'elle pensait de Gérard était devenu une obsession. Si elle se fichait de ce qu'il lui avait fait. Ou si, au contraire, elle le jugeait mauvais, comme l'avaient fait pour moi tous ceux qui connaissaient mon histoire. Comment Gérard était-il considéré ? Est-ce qu'on juge pareil un homme et une femme quand ils renoncent à leurs enfants ? Je ne sais pas.

– Comment ça s'est passé pour toi ? j'ai dit en regardant sa photo à lui. – Tu crois que je suis méchante ?

J'ai rendu à maman le bonheur que je lui avais enlevé. Je le lui devais, comme elle m'a dit, et j'ai payé ma dette. Et à papa aussi, d'une certaine manière, puisque avec l'arrivée de Clarita la *sagrada familia* est née vraiment. J'avais été la brebis galeuse, celle dont ils avaient honte. Une calamité. Ensuite je me suis transformée en grande sœur qui habitait loin et qui venait les voir de temps à autre.

Maman avait la fille qu'elle n'aurait pas pu avoir et Clarita la mère que je ne pouvais ni ne voulais être. Était-ce si étrange ? Qu'est-ce qui est le plus important, l'amour ou les tripes ? Élever ou accoucher ? Ma mère m'avait mise au monde pour ensuite me rejeter. Si j'avais eu la possibilité de choisir, j'aurais changé de mère. Clarita, elle ne l'avait pas mise au monde, mais elle, oui, elle l'adorait. Il n'y a pas de doute que si Clarita avait à choisir entre maman et moi, elle choisirait mille fois maman comme mère. Et elle aurait raison.

La seule chose étrange est celle que l'on ne veut pas comprendre.

– Moi, tu sais, j'ai décidé un truc, j'ai dit à Gérard en regardant sa photo.

Sur la photo, la petite fille le regardait. Lui, il regardait devant, vers l'appareil ou vers la personne qui les prenait en photo, même si je préférais imaginer que derrière ses lunettes c'était moi qu'il regardait. Je lui ai souri. J'ai passé une main sur sa tête comme pour le repeigner. Je l'ai regardé fixement.

Et j'ai eu alors de nouveau l'idée qu'il pouvait lui être arrivé quelque chose de mal quand il était à la plage et la crainte est revenue. Était-il mort ? J'ai de nouveau senti le pincement au creux de l'estomac.

Je ne sais pas ce que Gérard avait fait. Je savais qu'il regrettait de l'avoir fait et qu'il voulait demander pardon à sa fille. Mais s'il lui était arrivé quelque chose, alors Yamina ne saurait jamais que son père voulait lui demander pardon, parce qu'il ne pourrait pas lui parler, et qu'elle ne pourrait pas lire la lettre qu'il lui écrivait, puisque c'était moi qui l'avais. Ça m'a paru horrible. C'était comme condamner Gérard à être perdu à jamais.

Impossible. Il fallait que Yamina lise cette lettre. Je devais faire quelque chose. Je me suis repassé tout le film, et j'ai eu comme un déclic.

Les papiers de Gérard indiquaient différentes adresses dans différents lieux en France. De ce côté-là, je ne pouvais rien faire. Mais l'adresse de cette Carmen était dans une localité proche de Barcelone. Même si je n'avais pas la moindre idée d'où ça se trouvait, ça ne pouvait pas être très loin de la ville et moi, j'étais là. Cette Carmen devait connaître Gérard. Sinon, pourquoi se serait-il baladé avec son adresse ? Elle devait le connaître, et donc pouvoir faire quelque chose du portefeuille. Le donner à Gérard ou, dans le pire des cas, à Yamina.

– Tes objets ne vont pas se perdre, j'ai murmuré à la photo. On ne va pas rester perdus, toi et moi. Tu m'entends ? Je vais faire quelque chose pour moi et quelque chose pour toi ; parce que je ne suis pas méchante. Je ne suis pas méchante.

J'ai embrassé la photo et je me suis dit que quand j'aurais retrouvé Raviel, en plus de tout ce que j'avais à lui raconter, j'allais lui demander de m'aider pour le portefeuille. Je m'occuperais de l'apporter en personne à cette Carmen. Je le devais à Gérard et aussi, d'une certaine manière, je me le devais à moi-même. La seule chose qui restait à faire, c'était de trouver enfin Raviel. C'était le seul moyen de ne plus être perdus tous les deux.

J'ai de nouveau levé la tête en direction des immeubles. Mon ami devait être quelque part, mais où ? J'ai regardé alentour. Dans la matinée, je m'étais dit que si les touristes continuaient à me lancer des pièces, je pourrais tenir plus longtemps dans la rue. Et si Raviel n'apparaissait jamais ?

Juste à ce moment, les cloches de la Sagrada Familia ont commencé à sonner neuf heures du soir. C'était la dernière sonnerie. Comme si le trottoir m'avait donné une impulsion, je me suis mise debout. J'ai rangé les photos, remis le portefeuille dans ma poche et j'ai laissé mon sac de nourriture sur le magazine. Je me suis un peu éloignée, j'ai levé les bras.

J'ai commencé à danser.

Il fallait que je trouve Raviel. Il n'était pas possible qu'il n'apparaisse pas. Il fallait que je le trouve, parce que personne ne reste perdu pour toujours. C'était pour ça qu'il fallait que je danse, que je danse, que je danse. Tout ce que j'avais fait dans la vie avait été pour danser, même si mes bulles n'avaient pas arrêté de m'exploser au visage. Est-ce que ça vaut la peine de s'accrocher à un rêve plus qu'à tout le reste ?

J'ai continué à danser.

Je m'étais mille fois posé la question depuis que j'avais trouvé la photo de Gérard. Est-ce que ça vaut la peine de s'accrocher à un rêve plus qu'à tout le reste ? Oui. Non. Je ne sais pas. La seule chose que je savais à ce moment précis c'était que je devais continuer à danser.

Les cloches de la Sagrada Familia ont cessé de sonner, mais il fallait que je continue. J'étais sale. Je puais des aisselles, j'avais envie d'une douche, d'une culotte propre, de me laver les cheveux. Il fallait que je trouve Raviel et que je rende le portefeuille. Je ne voulais plus être à la rue. Je me suis soudain sentie bête. Et j'ai perçu le nœud dans la gorge se former une nouvelle fois, mais je devais continuer à danser.

Fermer les yeux. Mourir en dansant, comme Giselle. À en perdre le souffle. Comme si la reine des Wilis m'avait condamnée à le faire jusqu'à ce que je tombe morte. Ma punition et ma passion. Ce qui avait porté mon existence, et m'avait éloignée de tant de choses. M'incliner. J'étais la Giselle de la Sagrada Familia. Bouger mon corps. Danser. Tourner, tourner et tourner encore, jusqu'à devenir transparente et disparaître.

– Tu es Giselle ou tu es Wilis ?

J'ai cessé de danser en entendant cette question posée derrière moi. Je n'ai pas su si le pincement que j'ai senti à la poitrine était causé par les mouvements de la danse ou par le son de cette voix. J'avais bien entendu ou c'était le fruit de mon imagination ? Je me suis retournée très lentement.

À quelques pas de moi, il y avait le lampadaire. Et appuyé contre, un corps noir et mince, avec plein de petites tresses collées sur le crâne. Il avait les bras croisés. Portait un sweat-shirt et un short. J'ai fait un pas vers lui et quand j'ai vu qu'il détachait son dos du poteau et décroisait les bras, alors je me suis dit que ce n'était pas un mirage, que tout ça avait bien lieu. Je me suis précipitée vers lui et là, oui, j'ai pleuré pour de bon. Raviel m'a serrée dans ses bras.

– Tu es Giselle, il m'a dit. Ma folle amie Gise.

J'ignore combien de temps j'ai pleuré en le serrant fort, comme si je ne voulais pas qu'il m'échappe, comme si j'avais peur qu'en relâchant les bras, il ne disparaisse. Il me donnait de petites tapes dans le dos. Au début je ne pouvais même pas parler, mais j'ai fini par bredouiller des choses : qu'il était mon meilleur ami, mon grand ami, que je n'arrivais pas à y croire, que j'avais tellement de choses à lui raconter. J'ai enfin levé la tête et je l'ai regardé en reniflant.

– Ça fait deux jours que je dors dans la rue, Raviel, la dernière fois que je t'ai appelé, je t'ai dit que je ne pourrais finalement pas venir à Barcelone, mais c'est parce qu'il s'est passé des trucs, on s'est disputés Javi et moi, il était furieux, on est arrivés ici le soir, on m'a volé mon sac, je me suis perdue, je voulais tellement te retrouver, je savais juste que tu vivais près de la Sagrada Familia…

– Du calme, ma Gise, m'a-t-il interrompue en me prenant par les épaules, tu vas me raconter tout ça plus tard, mais d'abord, dis-moi une chose : tu vas bien ? Quelqu'un t'a fait du mal dans la rue ?

– Non. Je vais bien, je vais bien.

– Et Javi ? Javi t'a fait quelque chose ?

– Non. On s'est disputés, mais ensuite je me suis perdue, il était furieux, il doit être rentré à Madrid. C'est une longue histoire.

Raviel a eu l'air soulagé et il m'a de nouveau serrée dans ses bras. Quand on s'est séparés, il m'a embrassée sur la tête. Ça faisait si longtemps que je n'avais pas senti cela que j'ai failli lui demander de recommencer, mais il a levé le bras pour me montrer quelque chose du doigt.

– Regarde, lui là-bas qui te salue, c'est Sergito.

J'ai levé les yeux. À l'un des balcons d'en face, un homme agitait la main. Je lui ai rendu son salut.

L'immeuble de Raviel et Sergio était juste de l'autre côté de l'endroit où se postait le joueur de castagnettes, tout près, tout près.

– Allez, on va à la maison et tu me raconteras tout ça là-bas.

J'ai ramassé mes affaires et j'ai pris la main de Raviel. Elle était chaude et ça m'a plu. On a traversé. Je lui ai dit que ça me semblait un miracle qu'on se soit retrouvés, que je n'arrivais pas à y croire. On a traversé l'autre rue pour arriver à son immeuble ; et moi, heureusement il m'avait parlé des castagnettes qu'il entendait depuis chez lui. On a monté les escaliers ; cela faisait deux jours que je dansais à côté de ce foutu joueur de castagnettes, en espérant qu'il me verrait. Je me suis arrêtée en voyant qu'il faisait de même devant la porte d'un appartement.

– Tu t'es installée pour danser à côté du type aux castagnettes pour que je te voie ? – En me voyant hocher la tête, il m'a de nouveau serrée dans ses bras. – Ma Gise, il n'y a que toi pour avoir une idée pareille.

En entrant, on a longé le couloir menant au salon où était Sergio, qui s'est approché tout de suite en disant qu'il était content de me rencontrer, que Raviel lui avait tellement parlé de moi qu'il avait l'impression de me connaître. Nous nous voyions pour la première fois, mais il m'a embrassée comme si nous nous connaissions depuis toujours. Derrière lui, j'ai tout de suite remarqué le balcon.

– Tu veux de l'eau, un verre de vin ?

J'ai dit que je préférais de l'eau et Sergio a fait demi-tour pour aller en chercher. Raviel m'a demandé si je voulais de l'eau plate ou gazeuse, fraîche ou non, et lui aussi a fait demi-tour pour aller me chercher de l'eau fraîche non gazeuse.

J'ai profité du fait que j'étais seule pour sortir sur le balcon. Il était long et étroit, avec des jardinières de fleurs accrochées à la rambarde, une petite table recouverte de mosaïques de couleur et deux chaises repliées contre le mur. De là, il y avait une bonne vue sur le carrefour. Juste en face, en diagonale, il y avait le parc et l'endroit où Raviel m'avait trouvée. À gauche, l'autre coin de rue avec des immeubles. À droite, la Sagrada Familia. Du balcon, on voyait bien l'endroit où le joueur de castagnettes étalait sa couverture. Mais le bout de trottoir où je m'étais installée pour danser durant tous ces jours était caché par un arbre très touffu. Imbécile d'arbre. Si je n'avais pas, ce soir, eu l'idée de changer d'endroit, j'aurais pu danser pendant un siècle sous le nez de Raviel, il ne m'aurait jamais aperçue depuis son balcon.

Je me suis retournée en entendant sa voix. J'ai pris le verre qu'il m'apportait, j'ai bu et je me suis resservie. Quand j'ai fini, je lui ai raconté ce que je venais de découvrir, son balcon, mes danses, l'arbre. Il continuait à trouver incroyable que je me sois mise à danser pour qu'il me voie. Il a dit qu'il voulait que je lui raconte tout calmement, mais qu'avant il y avait plus important à faire.

– Tu as mangé ? Tu veux manger maintenant ou tu préfères prendre une douche d'abord ?

Je lui ai dit que j'avais déjà mangé quelque chose, que je lui raconterais, mais que, la vérité vraie, je mourais d'envie d'une bonne douche. Raviel a trouvé que c'était une excellente idée.

– Je sens si mauvais que ça ?

– Un petit peu, il a dit en prenant une de ces petites voix qu'on prend quand on veut minimiser les choses.

Sur ce, Sergio est revenu au salon et nous l'avons rejoint.

Sergio m'a redit qu'il était ravi de me rencontrer et que nous aurions du temps pour parler, mais qu'avant nous avions beaucoup de choses à nous dire, Raviel et moi, et qu'il valait mieux qu'il nous laisse seuls. Il avait prévu d'aller dîner avec des amis.

Je me suis sentie un peu gênée et ça a dû se voir parce que Sergio m'a tout de suite dit de ne pas m'en faire, je devais me sentir comme chez moi, Raviel était mon ami, cela faisait longtemps qu'on ne s'était pas vus et nous devions rattraper le temps perdu. Il serait toujours temps de boire un verre à son retour. Il a ouvert les bras, mais j'ai fait un pas en arrière.

– Excuse-moi, mais je suis vraiment trop sale.

– Arrête, viens ici, m'a-t-il dit en me serrant de nouveau contre lui. Nous sommes très contents que tu sois enfin là, Giselle.

Raviel s'est approché, son portable à la main et, avant que j'aie pu l'en empêcher, il a pris un selfie de nous trois en me disant que, sale ou pas, je serais toujours sa belle amie. Sur la photo on avait tous les trois le sourire. Sergio m'a dit au revoir, Raviel qu'il allait m'apporter des serviettes, et ils sont tous les deux sortis du salon.

De nouveau seule, j'ai enlevé la nourriture de mon sac et mis dedans tout ce que je sortais de mes poches : les pièces de monnaie, les mouchoirs en papier, le vieux billet de théâtre, le mouchoir avec des traces de maquillage, la note du bar à Llançà, le tout petit coquillage, la liste des objets perdus que j'avais dressée au commissariat. Pour finir, j'ai sorti le portefeuille, mais avant de le ranger, j'ai pris la photo de Gérard avec la petite fille.

– Tu as vu, je l'ai retrouvé. Je vais apporter ton portefeuille à cette Carmen, tu verras, tu ne seras plus perdu, je lui ai murmuré en passant une main sur son visage.

Quand Raviel est revenu, j'avais déjà enlevé mon pantalon. On est allés dans la salle de bains. Il m'a dit de ne rien mettre dans le panier de linge sale parce que mes affaires allaient directement dans la machine, et j'ai terminé de me déshabiller pour tout lui donner, sauf la culotte.

Un jour, quand j'étais adolescente, après m'être douchée, j'avais laissé une culotte sale dans le lavabo. Je ne m'en suis même pas rendu compte. Juste après, maman l'a trouvée et elle l'a emportée dans le jardin, elle l'a soigneusement frottée de terre, et elle me l'a ramenée toute sale dans ma chambre en me demandant si là, je voulais bien la laver. Ce jour-là, j'ai appris la leçon.

Laver ma culotte, c'est la première chose que j'ai faite après que Raviel est sorti de la salle de bains. Ensuite je me suis regardée dans le miroir. Mon visage avait l'air plus mince que jamais et j'avais un bouton sur le menton, moi qui déteste ça. Mes cheveux étaient horribles. Ils n'ont jamais eu beaucoup de volume mais là, courts et gras, ils semblaient encore plus collés à ma tête. Et les salières de mes clavicules étaient encore plus marquées. Je me suis tiré la langue et suis enfin entrée dans la douche.

J'ai fermé les yeux. Pendant que l'eau chaude coulait sur ma tête et rebondissait sur mon corps j'ai souri en pensant que je n'aurais plus à faire ma toilette à la fontaine du parc, et à la chance que j'avais eue de trouver Raviel et à quel point j'avais trouvé Sergio sympa. Et là, presque sans le vouloir, j'ai à nouveau entendu la voix de Sergio me disant qu'ils étaient très contents que je sois enfin à la maison. Et je me suis demandé, mais pourquoi "enfin" ?

J'ai rouvert les yeux. Quelque chose soudain me semblait bizarre. Franchement, Raviel n'avait pas semblé tellement surpris de me voir. Sergio non plus. Pourtant, pour eux, je n'étais pas censée être à Barcelone. Et même si durant le trajet jusqu'à l'appartement, j'avais dit des tas de choses à Raviel, tout ce qu'il m'avait demandé c'était si quelqu'un m'avait fait du mal dans la rue. Comme s'ils m'attendaient.

Tout le temps que j'ai passé sous la douche à me frotter, je n'ai pas arrêté de repenser à ça. Quand je me suis de nouveau regardée dans le miroir, j'ai eu l'impression d'être toute brillante.

Au sortir de la salle de bains je suis allée droit dans la chambre que Raviel m'avait indiquée. Sur le lit, il y avait un sweat-shirt et un short à lui. Je me suis habillée et je me suis penchée vers le balcon pour accrocher ma culotte. Quand je suis entrée dans la cuisine, je me séchais encore la tête.

Raviel m'a dit qu'il faisait mijoter des haricots noirs pour le lendemain. Pour ce soir, nous avions un poisson sur un lit de pommes de terre, qui était sur le point de sortir du four. Et il m'a tourné le dos pour continuer ce qu'il faisait.

– Pourquoi est-ce que j'ai l'impression que tu n'as pas été surpris de me voir ? j'ai demandé au moment où la minuterie du four retentissait.

– Allez, va t'asseoir, j'ai tout mis sur la table, eau, vin, tout, ne manque plus que le plat.

Il a dit ça sans me regarder. Il a éteint le feu sous les haricots, a pris un gant et une manique.

– J'étais supposée être déjà rentrée à Madrid. Tu me rencontres dans la rue, je te dis que ça fait deux jours que je suis perdue à Barcelone et ça ne t'étonne pas. Ni toi ni Sergio n'avez été surpris de me voir. Qu'est-ce qui se passe, Raviel ? Je ne suis pas complètement conne.

Toujours sans me regarder, il a éteint le four, sorti le plat avec le poisson et en me disant "pardon" est passé à côté de moi pour aller dans la salle à manger. Je l'ai suivi. Je l'ai vu poser le plat sur un dessous en liège. Puis il a ôté le gant et l'a posé sur un coin de la table, à côté de la manique. Alors seulement il a levé les yeux vers moi.

– Il se passe que depuis que tu as disparu, Javi, Sergito et moi te cherchons désespérément, que ce soir nous devions aller à la police pour signaler ta disparition, et que le poisson refroidit à toute vitesse. *Leïdi, pliz...* a-t-il conclu en me faisant signe de m'asseoir.

Je suis restée sidérée. Javi ne connaissait pas Raviel. J'étais censée le leur présenter lors du voyage qui n'avait pas eu lieu. Je me suis assise.

– Javi est à Barcelone ?

– Bien sûr, chérie, a-t-il répondu avant de me servir du poisson.

L'odeur était délicieuse. J'ai senti des gargouillis dans mon estomac, sans savoir si c'était la faim ou la surprise causée par ce que je venais d'entendre.

– Mais vous vous êtes rencontrés comment ? Où est Javi ? Comment va-t-il ?

Très consciencieusement, Raviel a servi les deux assiettes, puis le vin blanc. C'est seulement quand tout a été à sa place qu'il s'est assis et m'a de nouveau regardée.

– En ce moment même, Sergito est avec Javi. Il est allé dîner avec lui pour l'empêcher de venir, parce que toi et moi il faut d'abord qu'on parle. Je vais tout te raconter, Gise, et toi tu vas tout me raconter. – Il a souri. – Mais avant, dis-moi ce que tu penses de ce poisson. Sergito l'adore. Je suis devenu un super cuistot, tu vas voir.

Raviel a toujours aimé cuisiner et ce poisson était un délice. Je l'ai su dès que j'ai porté la première bouchée à mes lèvres. Et comme je savais à quel point il aimait les éloges sur sa cuisine, je lui ai sorti à peu près tous les mots que je connais pour dire que quelque chose est très bon. Et comme je savais aussi qu'il était en train d'essayer de faire diversion pour atténuer le choc, je suis entrée dans son jeu.

Ensuite, et seulement ensuite, il a commencé à me raconter.

L'histoire de Raviel était la suivante. Comme j'avais annulé nos retrouvailles, le mercredi soir Sergio et lui étaient sortis avec des amis et rentrés tard.

Le jeudi, ils ne s'étaient pas levés de bonne heure. Pendant que Sergio était sous la douche, Raviel était encore au lit et en consultant son portable il avait trouvé sur Instagram trois messages et une demande d'ami envoyés par Javi la veille au soir. Le premier message disait à peu près : salut, Raviel, je suis Javi, le copain de

Giselle, on est à Barcelone et on s'est perdus, elle est avec toi ? Réponds-moi, s'il te plaît. Le deuxième datait de trois quarts d'heure plus tard et disait : Raviel, Javi de nouveau, excuse-moi, je ne sais pas où est Giselle et elle n'a pas de portable, si elle est avec toi, dis-moi quelque chose s'il te plaît. Le troisième, plus court, avait été envoyé beaucoup plus tard : Toujours aucune nouvelle de Giselle, s'il te plaît, dis-moi quelque chose, s'il te plaît.

Javi avait écrit "s'il te plaît" deux fois et Raviel s'est dit qu'il devait y avoir un gros problème. Il a immédiatement accepté la demande d'ami et lui a répondu qu'il venait de se réveiller, que je n'étais pas avec lui et qu'il voulait savoir ce qui se passait.

Quand Sergio est revenu dans la chambre, il a trouvé Raviel debout en train de fixer son portable l'air très inquiet. Il venait de recevoir la réponse de Javi qui se contentait de dire : je peux t'appeler ? Raviel lui a envoyé son numéro et le téléphone a sonné aussitôt. Sans perdre de temps, Javi lui a raconté : que nous avions crevé, que quelqu'un en avait profité pour voler mon sac, que j'étais partie en courant, qu'après le départ du dépanneur envoyé par l'assurance il était resté au même endroit pour m'attendre, qu'au petit matin, comme je n'étais toujours pas là, il s'était dit que j'étais peut-être allée dans l'appartement que nous avions loué mais qu'il ne m'y avait pas trouvée. Il m'avait attendue là-bas sans savoir quoi penser. Raviel lui a immédiatement demandé l'adresse et lui a dit qu'il arrivait. Sergio a décidé de l'accompagner.

D'après Raviel, Javi faisait peine à voir quand ils sont arrivés dans cet appartement. Il était évident qu'il n'avait pas fermé l'œil de la nuit. Javi leur a dit qu'il avait espéré que je sois allée chez Raviel mais que quand il avait appris que ce n'était pas le cas, il s'était senti désespéré. Sans aucune nouvelle de moi, il s'était mis à imaginer qu'il pouvait m'être arrivé n'importe quoi. Mais Raviel me connaît depuis de nombreuses années et, par certains côtés, un peu mieux que Javi. Il lui a logiquement demandé si on s'était disputés et l'autre a bien été obligé de reconnaître que oui, même s'il n'a pas donné de détails. Il lui a seulement dit que, en arrivant à Barcelone, on se faisait la gueule, et que le vol du sac n'avait fait qu'empirer les choses, comme la goutte de trop. Raviel a essayé de le rassurer.

– Je ne le connaissais pas, Gise, je ne savais pas ce que tu avais pu lui raconter de toi, et je ne voulais pas lui dire à quoi je pensais.

Il pensait que je devais être sacrément en colère, que c'était pour ça que j'étais partie en courant, et que j'étais parfaitement capable d'avoir dormi dans le premier parc que j'avais trouvé. Ça n'aurait pas été la première fois. Ensuite, une fois calmée, je déciderais sûrement de contacter Javi, Raviel ou une autre personne de ma connaissance à Barcelone. De toute façon, il soupçonnait que quand la crise serait passée, je reviendrais comme si rien ne s'était passé.

Raviel me connaît, mais il ne savait pas jusqu'à quel point Javi me connaissait. Il m'a dit que cela l'énervait un peu de m'imaginer assise tranquillement quelque part, pendant que le pauvre garçon, c'est comme ça qu'il a dit, le pauvre garçon, était mort d'angoisse.

Logiquement, il n'a pas voulu faire part de ses soupçons à Javi. Il a essayé de le rassurer. Il a dit qu'il ne fallait pas tirer des conclusions hâtives et penser au pire, qu'il était bien possible que je sois seulement chez quelqu'un, qu'il y avait beaucoup de Cubains habitant Barcelone. Quand Javi lui a répondu qu'à Barcelone je ne connaissais que Raviel, ça a presque fait plaisir à Raviel. Il a fait remarquer que les Cubains n'avaient pas besoin de se connaître pour débarquer les uns chez les autres, qu'il nous suffisait d'être l'ami d'un ami d'un ami. Mais de toute façon, la meilleure chose à faire était de ne pas s'exciter. Pour réfléchir calmement.

Après réflexion, les trois étaient parvenus à la conclusion qu'il existait aussi la possibilité que je n'aie pas su l'adresse de l'appartement que nous avions réservé. Dans ce cas-là, le plus logique était que je sois revenue à l'endroit où j'avais laissé Javi, mais que j'avais peut-être eu du mal à le retrouver, parce que je ne l'avais vu que de nuit. Et qu'il était bien possible que j'aie tourné dans le quartier.

Ils ont alors décidé de partir à ma recherche. Raviel et Sergio sont allés voir s'ils me voyaient dans les rues du secteur. Javi, lui, est retourné au carrefour où il avait passé une grande partie de la nuit. Non sans avoir avant demandé au propriétaire de l'appartement de prolonger la location de quelques jours parce qu'il devait rester à Barcelone.

Tout ça a pris pas mal de temps. Quand ils se sont retrouvés, je n'avais évidemment pas réapparu. Javi avait passé presque toute la journée au même endroit, et il était extrêmement inquiet. Il a proposé alors d'aller à la police signaler la disparition et là il y a eu pas mal d'hésitation, Sergio aussi pensait que c'était ce qu'il fallait faire, mais Raviel avait des doutes. Je ne connaissais pas Barcelone, il le savait, mais il savait aussi que connaître ou ne pas connaître un endroit ne m'avait jamais empêchée de m'y lancer. Au fond, il avait l'intime conviction que j'étais en train de faire ce que j'avais toujours fait, m'envoler avec mes oiseaux, fuir pour mieux réapparaître. Et il a dit que le mieux était d'attendre, de me laisser le temps, moi aussi je devais être nerveuse. Inutile de se précipiter, cela ne faisait que vingt-quatre heures. Avant d'aller à la police, il valait mieux explorer à fond toutes les possibilités en élargissant la zone de recherche.

Il a finalement convaincu Javi et Sergio d'attendre. Ce soir-là ils ont dîné ensemble. Javi les a remerciés pour leur soutien, il a dit que je lui avais beaucoup parlé de Raviel, qu'on voyait bien que nous étions très amis. Ensuite ils ont tourné dans les rues en voiture pour voir s'ils m'apercevaient.

Quand ils se sont quittés, Raviel a promis de téléphoner le lendemain à tous les Cubains qu'il connaissait, au cas où l'un d'eux saurait quelque chose sur moi. Javi a dit qu'il les rappellerait dès son réveil.

Le vendredi, le téléphone de Raviel a sonné de très bonne heure, mais il était déjà réveillé parce qu'il avait mal dormi, inquiétude oblige. Javi lui a dit que j'avais peut-être été à la plage et ils ont décidé d'aller voir, chacun à un endroit différent. Ils se sont mis d'accord.

Comme les plans avaient changé, Sergio a dit à sa mère qu'il irait la voir et déjeuner avec elle, Raviel l'a déposé et est resté seul. De la voiture il a appelé tous les Cubains qu'il connaissait, mais aucun ne me connaissait moi. Javi avait raison, à Barcelone, la seule personne que je connaissais, c'était Raviel.

Le temps a filé à toute allure. Ils ont sans arrêt marché, observé, questionné. Ni l'un ni l'autre ne m'ont trouvée. Quand ils se sont revus, Raviel prétend que Javi avait pris dix ans. Après avoir mangé un morceau sur la plage, Javi est parti explorer un secteur où il n'avait pas été. Et c'est là que Raviel a eu l'idée de me chercher dans les environs de la Sagrada Familia. Il savait que je savais qu'il habitait dans le coin, et il s'est soudain dit que je pouvais être en train de le chercher. La vérité vraie, nous deux on a une connexion incroyable. Mais ce qui ne lui est pas passé par la tête, c'est le coup du joueur de castagnettes. Il ne se rappelait même pas me l'avoir raconté. Et donc il a fait le tour de la basilique et exploré les alentours en élargissant le cercle. Mais, apparemment, on ne s'est pas croisés. Le plus probable c'est qu'il a dû passer par mon coin de rue à un moment où j'étais aux toilettes. En plus, avec tout ce monde, il était difficile de se voir. Résultat, rien.

Pendant l'un de ses tours, Raviel a remarqué un policier dans la rue et ça lui a donné une idée. Il s'est mis à ma place et s'est dit que, si j'avais été dans un commissariat déposer plainte pour le vol du sac, ne connaissant pas son adresse ni celle de l'appartement loué par Javi, j'avais pu laisser l'adresse d'un ami que Raviel ne connaissait pas et chez qui je pouvais être.

Il s'est mis à chercher sur son portable les commissariats à proximité et s'est lancé sans plus attendre. Le signalement de disparition que voulait faire Javi lui semblait le dernier recours. Son idée était tout simplement de faire le tour des commissariats pour voir si j'étais passée par l'un d'eux. Et bien évidemment, quand il est arrivé devant le premier commissariat, avant même de descendre de voiture, son idée lui a semblé complètement stupide. Si un type va voir la police en demandant si une jeune femme est venue déposer plainte tout en expliquant qu'il ne sait rien d'elle, ça peut paraître très bizarre. Et si le type est noir et latino, encore plus bizarre. Raviel a pensé à tout ça et s'est dit qu'il ne pouvait évidemment poser aucune question. Au lieu de résoudre le problème, ça pourrait l'empirer. Il s'est donc juste approché pour regarder à l'intérieur s'il me voyait, avant de repartir.

Il a fait de même dans les commissariats suivants mais, bien sûr, il se sentait mal, parce qu'il avait commencé à imaginer le pire. Tout se brouillait dans sa tête. D'un côté il se disait : tu la connais, elle va réapparaître. Et de l'autre : et s'il lui est arrivé quelque chose ? S'il m'était vraiment arrivé quelque chose, il était peut-être en train d'empêcher qu'on me vienne en aide.

Il commençait vraiment à être mal. Quand Sergio l'a appelé pour demander des nouvelles et lui dire qu'il était rentré à la maison après avoir vu sa mère, Raviel a suspendu les recherches et est rentré directement chez eux.

Il était resté en contact avec Javi par téléphone, mais il ne lui avait rien dit de sa tournée des commissariats. Il avait besoin de parler à son mari avant de le faire avec Javi, car à ce stade il ne savait plus quoi penser.

À la maison il a mis Sergio au courant de tout ce qui s'était passé. Sergio était d'avis qu'il ne fallait plus attendre. Il lui a dit que si c'était lui, il irait signaler la disparition, et même si Raviel avait toujours l'espoir de me retrouver, la peur qu'il me soit arrivé quelque chose a augmenté d'un coup. Ce soir, cela ferait quarante-huit heures que j'étais partie en courant.

Il a alors appelé Javi, dont les premiers mots ont été : elle a réapparu ? Quand Raviel lui a dit que non, il a continué à parler. Il avait la voix fatiguée. Il venait d'arriver à l'appartement. Il ne se sentait pas bien. Il avait très mal à la tête, était fiévreux. Il ne savait pas si c'étaient les heures à marcher sous le soleil ou les événements. Avant de faire quoi que ce soit, il voulait prendre une douche et descendre acheter quelque chose à la pharmacie. C'est là que Raviel lui a raconté les commissariats et lui a dit que lui aussi commençait à s'inquiéter. Javi est resté un petit moment silencieux avant de dire que ce qu'ils faisaient n'avait pas de sens, il fallait signaler ma disparition une bonne fois pour toutes.

Même si Raviel avait encore une pointe d'espoir, il a préféré n'en rien dire à Javi, bien sûr. Il lui a juste dit que oui, ça lui semblait la chose à faire, qu'il valait mieux aller à la police. Ils iraient tous les trois, mais il lui a dit de prendre avant sa douche, de s'hydrater un peu et de passer à la pharmacie. Moi disparue et Javi malade, cela commençait à faire beaucoup. Ils ont décidé que Javi les appellerait quand il partirait pour venir chez eux.

Ils ont raccroché. Raviel en a profité pour prendre une douche rapide. Il avait collé au corps toute la sueur des kilomètres parcourus à pied. Quand il a terminé de s'habiller, neuf heures sonnaient à la Sagrada Familia.

Sergio et lui sont sortis sur le balcon pour prendre un peu le frais en attendant l'appel de Javi. Et à un moment, mon ami a regardé vers la rue d'en face.

– J'ai cru avoir une attaque, Gise, je te jure. Quand je t'ai vue en train de danser devant chez moi, j'ai failli sauter du balcon pour me précipiter vers toi, parce que, merde, c'était bien toi, je savais que je finirais par te retrouver.

Je lui ai répondu d'un petit sourire et j'ai bu d'un trait le vin qui restait. Il avait parlé pendant que nous mangions. Je l'avais écouté sans l'interrompre, sans faire le moindre commentaire. La vérité vraie, ce qui m'avait paru le plus surprenant, c'était Javi. Il valait mieux qu'il ne soit pas là, parce que s'il avait eu tellement peur, il pourrait être encore plus en colère, et je n'avais pas envie de ça. Mais savoir qu'il était resté à Barcelone, qu'il avait rencontré Raviel et qu'il avait continué à me chercher, m'a fait un pincement au cœur. Je savais en plus que ses migraines étaient un signe d'inquiétude. M'avoir cherchée pouvait signifier, tout simplement, que Javi était quelqu'un de bien ; mais c'était peut-être aussi que je comptais pour lui. Il m'aime peut-être encore un peu, je me suis dit, mais si j'ai ouvert la bouche ça a été juste pour dire :

– Mais s'il était tellement inquiet, comment ça se fait que Javi ne soit pas là ? Tu m'as dit que Sergio est allé dîner avec lui pour l'empêcher de venir. Pourquoi ?

Raviel a souri.

– Parce que toi et moi, il faut qu'on parle, mais avant tout, on va trinquer, allez, à ta réapparition.

Après avoir dit ça, il a pris la bouteille pour remplir les deux verres. De la rue est monté un bruit de sirène d'ambulance ou de pompiers. À l'intérieur, on entendait le bruit du liquide en train d'être versé. Un son que j'aime. Il a fini de servir, il a levé son verre et moi le mien. Le cristal a tinté. Ce son aussi, je l'aime bien.

On a bu et c'est seulement après que Raviel a continué à me raconter.

Après m'avoir aperçue, il avait demandé à Sergio de ne pas me quitter des yeux. Il était descendu me chercher. On était tombés dans les bras l'un de l'autre. Je lui avais balancé d'un coup un tas de choses, entre autres que Javi s'était disputé avec moi et qu'il était en colère.

– Il m'avait dit que vous vous étiez engueulés, Gise, mais il ne m'a pas dit pourquoi et, pour être sincère, ça me préoccupait. Ensuite, tu me l'as dit de ton côté et là ça ne m'a pas plu. Il faut que tu me dises la vérité, petite sœur. Javi t'a fait quelque chose?

– Je t'ai déjà dit que non. On s'est disputés à la plage pour un truc que je vais te raconter. Il était furieux contre moi et moi contre lui, mais ça, ça s'est passé avant. Quand on s'est fait voler, je suis partie en courant, je me suis perdue et c'est tout.

Raviel a fait une grimace comme s'il était sur le point de me dire quelque chose, mais il a changé d'idée. Je le connais. Au lieu de me dire à quoi il pensait, il a simplement demandé:

– Tu es sûre?

– Sûre, petit frère, sinon, je te le dirais.

Il a hoché la tête en disant ok, avant de poursuivre.

Quand on est montés chez lui, il a été avec Sergio à la cuisine sous prétexte d'aller me chercher de l'eau. Je suis sortie sur le balcon. Ils avaient trouvé Javi très sympa, mais Raviel avait des doutes. Et si, après une dispute, c'était Javi qui m'avait larguée en pleine rue? Il le connaissait à peine, il ne voulait pas se tromper à son sujet, mais au cas où, il pensait qu'il valait mieux qu'il parle d'abord avec moi. Sergio a trouvé que c'était une bonne idée et a proposé de s'occuper de Javi. Profitant du fait que j'étais toujours sur le balcon, Raviel l'a appelé.

Les premiers mots de Javi ont été pour s'excuser de ne pas avoir rappelé avant. Il a expliqué que le mal de tête s'était aggravé mais que, heureusement, il s'était rendu compte qu'il lui restait du paracétamol dans sa valise. Il en avait pris et attendait que l'effet commence à se faire sentir. Quelques minutes encore et il allait partir, a-t-il expliqué, mais quand il a appris la nouvelle, il a dit qu'il partait immédiatement. C'est là que Raviel lui a demandé de garder son calme et de l'écouter.

Il lui a dit que j'étais sur les nerfs, qu'il me connaissait, qu'il valait mieux me laisser me reposer cette nuit et que Javi aussi, cela ne lui ferait pas de mal de se reposer. Raviel lui a dit ça et d'autres choses qu'il n'a pas pris la peine de me raconter, toujours est-il qu'il est parvenu à convaincre Javi de ne pas sortir. Sergio allait lui apporter du baume du tigre pour se masser les tempes et acheter à manger pour dîner avec lui dans l'appartement. Et pour que Javi ne pense pas qu'il avait tout inventé, il lui a envoyé le selfie de nous trois.

– Sorry, ma Gise. Avant qu'il vienne, je voulais savoir si tout était ok, à force d'entendre certaines histoires, on devient un peu parano. Tu n'es pas fâchée contre moi, n'est-ce pas ?

Jamais au grand jamais je n'allais me fâcher avec mon meilleur ami et encore moins pour ça, au contraire, je le remerciais de ce qu'il avait fait. La vérité vraie, il valait bien mieux pour moi que je ne voie pas Javi ce soir, parce que j'avais beaucoup de choses à raconter à Raviel. C'est ce que je lui ai dit avant d'ajouter en souriant que ce que je ne lui pardonnais pas, c'était d'avoir envoyé cette photo, vu la tronche que j'avais.

– Sorry, mon amour, il a dit en se levant avec une grimace comique. Je vais chercher le dessert pour me faire pardonner. Ce n'est pas moi qui l'ai fait, mais tu m'en diras des nouvelles. Je l'apporte et après c'est à toi de tout me raconter. Ok ? Ce petit dîner t'a plu ?

J'ai répondu, beaucoup, c'était délicieux. Raviel avait commencé à débarrasser et en voyant que j'avais l'intention de l'aider, il m'a écartée d'un petit revers de main. Il m'a lancé un baiser et a tout emporté dans la cuisine.

Une fois seule, j'ai regardé tout autour de moi. Quand on regarde l'intérieur des maisons, on peut savoir comment s'entendent les gens qui y vivent. Dans celle de Raviel et Sergio j'ai senti quelque chose de chaleureux, de confortable. Je me souvenais parfaitement du jour où il m'avait dit qu'il était tombé amoureux. Je suis raide dingue, ma Gise, cette fois c'est pour de vrai. Sergio c'est le type avec qui je veux vivre, m'avait-il dit alors, et ils étaient toujours ensemble. Ça faisait un sacré bout de temps et leur histoire tenait bon. Je les enviais parfois.

Cet appartement sentait la paix, les choses positives. Dans la pièce principale, tout était super joli. Deux portes-fenêtres donnaient sur le balcon, l'une était ouverte, c'était celle par laquelle nous étions sortis. L'autre était fermée. Les deux étaient bleues. Sur les murs blancs étaient accrochés des tableaux avec des figures géométriques aux couleurs très lumineuses. Il y avait deux fauteuils genre IKEA, bleus avec des petits coussins blancs. Le canapé aussi était bleu avec deux coussins blancs. Raviel avait posé dessus mon sac en plastique, mais même lui ne rompait pas le contraste, puisqu'il était blanc aussi. À côté du canapé, il y avait des étagères avec des livres et au-dessus des photos de Raviel et de Sergio à diverses périodes et avec d'autres personnes. Sur une, j'ai reconnu Raviel avec Elvira, sa maman. Sur une autre j'ai cru me reconnaître moi et je me suis levée pour m'en approcher.

J'ai pris le cadre et oui, c'était bien nous durant notre voyage à la sierra de l'Escambray. Ça m'a fait tellement rire de nous voir là. Les dernières vacances de Raviel quand il vivait encore à Cuba. Il était déjà avec Sergio et préparait le déménagement à Barcelone. Son dernier mois d'août sur l'île avant le grand saut. Avec des copains à lui, on était partis quelques jours dans la sierra de l'Escambray. Raviel n'y avait jamais été mais moi oui, évidemment, puisque c'était ma région. C'est pendant ce voyage que j'avais failli me faire voler mon sac à dos et qu'il était parti le récupérer. C'est à ce moment-là que Raviel a connu ma famille.

Renamagua était le dernier village que nous allions visiter avant le retour à La Havane. Je voulais en profiter pour passer par la maison. Mes parents étaient prévenus. Une courte visite. L'idée était d'y aller avec Raviel pendant que les autres iraient manger ce qu'ils trouveraient dans le coin.

Mais à la redescente, l'un de nous est tombé et a dû faire le reste du chemin en boitant, ce qui nous a pas mal retardés. Résultat, quand nous sommes arrivés à Renamagua il était trop tard pour trouver un moyen de transport. La seule solution était de repartir le lendemain matin à l'aube. Et pendant que le groupe s'installait dans le jardin public, où nous pensions dormir, Raviel et moi on est allés à la maison.

Comme d'habitude, la porte était ouverte mais j'ai préféré ne pas entrer, et j'ai crié depuis le seuil pour nous annoncer. La première qui a surgi en courant, c'est Clarita, elle avait dans les cinq ans. Maman est arrivée derrière. Elle a eu l'air surpris en voyant Raviel, mais quand je lui ai dit que c'était mon meilleur ami, elle s'est détendue. Elle a dit que papa n'était pas là, mais qu'il n'allait pas tarder. On est entrés.

Pendant qu'elle préparait du café, on a joué avec Clarita. Je lui avais apporté des fruits et un bout de branche d'arbre en forme d'oiseau que j'avais trouvé dans la montagne.

On avait pris le café et on était encore dans le salon quand papa est arrivé. Près de la porte, il a dit qu'il pensait bien que j'étais arrivée, parce que en passant devant le jardin public, il avait vu tout un tas de vauriens. Tes amis, c'est ça ? il a demandé, et maman s'est empressée de dire qu'on ne pensait pas rester, que j'étais venue leur dire bonjour et leur présenter mon meilleur ami qui était étudiant à l'université de La Havane. Papa a fait un signe de tête et Raviel lui a répondu de la même manière. Sans qu'ils échangent un mot. J'ai confirmé que ceux du parc étaient mes amis. Et j'ai expliqué ce qui nous était arrivé et pourquoi on était obligés de dormir dans le jardin public, mais qu'on ne dérangerait personne.

Maman était dans le fauteuil. Elle avait cessé de se balancer pour parler avec papa ; mais en m'entendant, elle a détourné les yeux et recommencé à se balancer. Je savais que ça l'embêtait de savoir qu'on restait, mais je savais aussi qu'elle n'en dirait rien. C'est papa qui a parlé. Il ne voulait pas qu'il y ait des problèmes dehors à cause de moi et de mes copains. Si on était obligés de rester, alors on devait tous dormir dans son jardin, et je pouvais donc aller chercher les autres, mais bien entendu il n'était pas question du moindre scandale ou désordre.

Cette nuit-là, on a installé notre bivouac dans le jardin de la maison, à côté du manguier. Je crois qu'avec son visage sérieux, papa est arrivé à tous les terroriser. Le fait est qu'il n'y a pas eu d'écart, on se serait dits dans une caserne. Clarita et maman sont restées un moment avec nous. La première jouant avec tout le monde. La seconde essayant de l'empêcher d'être envahissante. Maman a dit que je pouvais dîner avec eux, mais j'ai préféré ne pas le faire. Je suis juste entrée dans la maison pour aller à la salle de bains et dire bonsoir à Clarita.

Quand elle a demandé à maman si je pouvais rester dormir avec elle, j'ai souri. Maman a ouvert de grands, très grands yeux, et a dit que non, que je m'étais baladée dans la nature, que mes vêtements étaient sales, qu'il valait mieux que je reste avec les autres dans le jardin. J'ai embrassé Clarita sur le front et je lui ai inventé l'histoire de la sorcière triste : il était une fois une sorcière qui avait perdu son balai et alors la branche d'arbre en forme d'oiseau que je lui avais apportée prenait vie pour emporter la sorcière. Clarita riait tout en faisant avec les mains le geste de l'oiseau en train de voler. Je crois que maman n'a pas apprécié mon histoire. Elle s'est approchée d'elle pour lui dire que l'oiseau ne pouvait pas dormir avec elle parce qu'il était sale. Et rappelle-toi, mon cœur, que les sorcières n'existent pas ; il est où le baiser pour maman ? a-t-elle conclu en se penchant vers elle.

On est repartis de très bonne heure le lendemain. Quand j'ai demandé à Raviel ce qu'il avait pensé de ma famille, il a dit que mon père était plutôt sévère, ma mère très attentionnée et ma petite sœur un amour. Une famille normale, il m'a dit, aucune n'est parfaite.

Quand on regarde l'intérieur des maisons, on peut savoir comment s'entendent les gens qui y vivent. Celle de mes parents s'est améliorée après mon départ. Quand le rire de Clarita a chassé les cris qui étaient comme restés collés aux murs après chaque dispute avec mes parents. Les insultes sont comme les chewing-gums, on les balance, ils se collent n'importe où et après on a du mal à les décoller.

– Qui veut des gâteaux à la goyave ?

Je me suis retournée en entendant la voix. Raviel a posé une assiette sur la table en précisant que c'était une pâtisserie cubaine près de son travail qui les faisait et qu'ils étaient délicieux. En voyant que j'avais notre photo entre les mains, il a souri. Ma Gise est toujours avec moi, a-t-il dit avant de m'inviter à goûter les délices qu'il venait d'apporter. Ou est-ce que je n'aimais pas les gâteaux, peut-être ?

J'adorais les deux, les petits gâteaux et la photo, c'est ce que je lui ai répondu avant de remettre le cadre à sa place pour revenir à table. Raviel a dit alors qu'il manquait un détail. Il a sorti d'un placard des petits verres et une bouteille. Il est revenu s'asseoir et, en servant, a précisé que c'était du porto. Sergito disait que ce n'était pas une très bonne association parce que c'était du sucre sur du sucre, mais Raviel voulait essayer. Lui aimait le sucré et moi, cela ne me ferait pas de mal de reprendre quelques kilos, il me trouvait un peu maigre.

– D'abord, on mord dans le gâteau, et ça nous ramène en arrière, du temps où on était enfants. Ensuite, un porto, pour nous pousser en avant. En arrière, en avant, en arrière, en avant…

J'ai mordu dans un gâteau. J'ai fermé les yeux. J'ai bu une gorgée. L'association m'a semblé délicieuse. Bizarre que Sergio pense que cela n'allait pas. Raviel a dit qu'au fond, ce que son mari n'aimait pas, c'était la goyave, mais ces gâteaux étaient des repères dans nos vies, la mienne et celle de Raviel, auxquels Sergito ne pouvait pas avoir accès, et il était normal qu'ils lui soient indifférents. Normal et tant mieux, a-t-il dit, vu qu'ils étaient tous les deux d'accord sur beaucoup de choses, et que c'était chiant de l'être sur tout, en plus, comme ça, il en restait plus pour nous.

J'ai souri en levant mon verre pour qu'il fasse de même. Nous avons trinqué. Une gorgée de porto. Une petite bouchée de gâteau. Un délice.

– Et maintenant, Gise, je veux tout savoir… ce que tu as fait pendant ces deux jours, pourquoi tu t'es disputée avec Javi. Il faut que tu me racontes tout.

J'ai montré du doigt ma bouche pleine. L'histoire que je voulais lui raconter était un peu plus longue que ce qu'il imaginait et il valait mieux commencer par les deux derniers jours. J'ai mastiqué. Là-dessus, je n'avais finalement pas beaucoup à raconter. J'ai avalé.

– Tu sais que ton idée n'était pas mauvaise? j'ai demandé. Il m'a regardée, étonné. – J'ai bel et bien été dans un commissariat. Mais finalement, je n'ai pas déposé de plainte. J'ai pris peur et je suis partie.

– Sans déconner ? Mais pourquoi tu es partie, ma Gise ? Pourquoi est-ce qu'il faut toujours que tu partes en courant ?

J'ai haussé les épaules et baissé les yeux. Pourquoi j'étais partie en courant ? Je ne sais pas. Je me suis dit qu'il valait mieux retourner à l'endroit où était Javi. Je ne voulais pas me perdre, mais j'ai pris peur. Seulement ça. Se perdre, c'est quelque chose qui fait peur, non ? Au bout du compte, je suis toujours la petite paysanne en fuite. C'est ce que je lui ai dit, et j'ai continué à partir de ça.

Tout en m'écoutant, Raviel faisait des commentaires : la prochaine fois, je devais rester au commissariat, j'avais vraiment l'instinct de survie, finalement ce foutu joueur de castagnettes avait servi à quelque chose. Moi j'avalais et je parlais. Quand j'ai eu fini, j'avais mangé deux gâteaux et lui terminait son deuxième. Il nous restait du porto à tous les deux.

– Mais pourquoi tu as pensé que Javi s'en irait sans toi ? Qu'est-ce qu'il s'est passé, ma Gise ? Tu l'as fait cocu ?

– Mais non, qu'est-ce que tu crois. Avec Javi, j'étais bien.

Je lui ai dit qu'à part lui, Javi était la personne avec laquelle j'avais eu l'histoire la plus longue. Ce n'était pas comparable, bien sûr. Raviel était mon ami. Mais Javi, c'était une vraie histoire de couple, comme je n'en avais pas eu avant. Je lui ai dit à quel point j'étais contente quand il m'avait invitée à Llançà, je lui ai parlé des premiers jours, des sœurs de Javi, du bébé, des dîners sur la terrasse, de la petite crique où on allait ensemble.

– Le problème, c'est que… bon, quand on est arrivés là-bas, il s'est passé quelque chose, attends… – Je me suis levée pour aller chercher le sac en plastique sur le canapé. J'ai pris le portefeuille de Gérard et je suis revenue à table avec. – Quand on est arrivés, j'ai trouvé ça.

J'ai posé sur la table l'essentiel du contenu du portefeuille : les papiers, les certificats médicaux, les photos, la lettre. Raviel, qui tenait un morceau de gâteau dans la main, a cessé de manger pour suivre mes gestes. Quand j'ai fini, il m'a regardée.

– C'est quoi tout ça, chérie ? il a demandé avant de mettre enfin le morceau de gâteau dans sa bouche.

J'ai continué à parler en faisant des petits pas à côté de la chaise, sans parvenir à m'asseoir. Je lui ai raconté ma curiosité initiale, ce qu'il y avait dans la lettre, et la tristesse de me dire que sa fille ne pourrait jamais la lire. Et comment cela avait fini par m'obséder. Je lui ai dit que c'était comme quand tu marchais dans la campagne sous la pluie et que tu glissais, et que d'un coup, tu te raccrochais à une branche d'arbre providentielle qui t'empêchait de tomber. C'était ce qu'étaient devenus ces objets pour moi. Des choses auxquelles me raccrocher. Jusqu'au moment où Javi l'a découvert et où on a commencé à se disputer parce qu'il ne me comprenait pas. Javi ne pouvait pas comprendre que cette lettre et cette harmonie de sa famille autour de moi, et tous les sourires autour du bébé de sa sœur, tout ça, me faisaient penser à moi et à ma propre famille. Et comme Javi ne me comprenait pas, j'ai décidé de tout lui expliquer calmement et c'est là que la grande dispute a éclaté.

– Oh, ma Gise ! m'a interrompue Raviel d'une voix encore plus douce que la goyave des gâteaux, j'ai tout compris. Tu veux avoir un bébé, petite sœur, et Javi ne veut pas. C'est ça, hein ? C'est pour ça que vous vous êtes disputés ?

Je l'ai regardé. Sur son visage il y avait un mélange de tristesse et de tendresse. J'ai reculé de quelques pas, j'ai croisé les bras sur ma poitrine. J'ai posé les mains sur les épaules opposées et j'ai serré fort.

– Non, ce n'est pas ça, je lui ai dit. C'est… Tu te souviens de ma sœur Clarita ?

– Bien sûr que oui, pourquoi ?

– Parce que j'ai accouché d'elle, Raviel. Je ne veux pas de bébé, j'ai déjà eu un bébé.

Cette fois, c'est lui qui m'a regardée, et au mélange de tristesse et de tendresse qu'il y avait sur son visage s'est ajouté autre chose, de la surprise ou de la peur. Je ne sais pas. L'expression de quelqu'un en train d'assimiler les mots qu'il vient d'entendre, de les mettre les uns à la suite des autres et d'en changer l'ordre pour voir s'il les comprend, parce qu'il ne les comprend pas. Mais j'avais déjà vécu une réaction de ce genre. Tout ce que je pouvais faire, c'était attendre que le processus se termine, parce que je n'avais pas d'autres mots pour m'expliquer. Il fallait qu'il me comprenne avec les mots que je venais de prononcer.

Javi ne m'avait pas non plus comprise quand je le lui avais dit. On était dans notre chambre, dans la maison de Llançà. C'était le dernier soir.

Quand je lui ai dit que j'avais donné naissance à Clarita, il m'a regardée de façon très bizarre, mais dans ses yeux il n'y avait ni tristesse, ni tendresse, ni surprise, ni peur, comme dans ceux de Raviel. Dans ceux de Javi, il y avait autre chose. Je ne l'avais jamais vu me regarder de cette façon. Il est resté comme ça un moment puis il a commencé à me poser des questions : pourquoi je le lui avais caché, quel genre de mère j'étais, comment j'étais capable de dire que c'était la fille de ma mère et pas la mienne, comment j'avais pu abandonner un bébé, qui j'étais, avec quel genre de personne il avait passé tout ce temps.

Javi me posait des questions auxquelles j'essayais de répondre, mais il n'arrêtait pas de poser une nouvelle question après chaque nouvelle réponse. C'est pour ça que le ton est monté. Il était tard. À force de crier, on a réveillé toute sa famille. Le bébé de sa sœur s'est mis à pleurer. Quand son beau-frère a frappé à notre porte, Javi a ouvert, mais il était si en colère que dans le même élan il est sorti de la chambre. Comme le beau-frère n'a pas pu l'arrêter, il a essayé de me dire quelque chose à moi, mais je n'ai pas non plus daigné lui répondre. Je suis passée devant lui et suis sortie derrière Javi.

Je ne voulais pas qu'il me juge mal. J'avais besoin de lui expliquer. J'ai rapidement traversé le salon. Ils étaient là, debout et en pyjama, le frère du beau-frère et la plus jeune sœur de Javi avec son copain que, apparemment, les cris avaient fait sortir de leur chambre. Sa sœur m'a regardée sévèrement, mais je ne lui ai pas prêté attention. Je suis sortie sur la terrasse où se trouvait Javi. La dispute a continué. À un moment il m'a demandé pourquoi je lui faisais ça.

– Pourquoi tu me fais ça, Giselle ? Et d'ailleurs, pourquoi Giselle ? Tu ne te sers même pas de ton vrai nom. Pourquoi tu me fais ça, Gisel ?

Et là, j'ai crié très fort. Je ne lui avais rien fait, putain de bordel de merde, je ne lui avais rien fait à lui.

À ce moment-là, la plus jeune sœur est sortie sur la terrasse en disant que, merde, il fallait qu'on se contrôle, tous les voisins de la plage n'avaient pas à être au courant de nos problèmes ni de quel genre de femme j'étais. Cette dernière phrase m'a fait l'effet d'un coup de poing dans l'estomac et d'un autre dans la figure. Et je n'ai plus rien dit.

Les choses en sont restées là. Javi a dit que sa sœur avait raison, qu'il valait mieux clore la discussion et rentrer, même s'il préférait dormir dans le salon. C'est là qu'il a dit que c'était fini entre nous, qu'il n'aimait pas la personne que j'étais. Et il m'a de nouveau mal regardée, terriblement mal, avant de me tourner le dos.

Comme le frère du beau-frère dormait sur un canapé, Javi a pris son oreiller, un drap, et s'est installé sur l'autre canapé. Le bébé a fini par se rendormir. Tout le monde est retourné dans sa chambre. Moi, je me suis enfermée dans la nôtre.

Le lendemain, quand j'ai dit bonjour, on m'a répondu, même si les sœurs de Javi évitaient de me regarder en face. Il m'a demandé de sortir un moment avec lui sur la terrasse, où il m'a dit qu'il valait mieux annuler notre séjour à Barcelone. Il avait déjà écrit à son client pour annuler le rendez-vous, il me suggérait de faire de même avec Raviel. Comme c'était notre dernier jour à Llançà, son beau-frère avait réservé un endroit pour déjeuner. Javi avait honte vis-à-vis d'eux; il ne voulait pas, en plus, leur faire le sale coup de ne pas y aller. Même s'il avait vraiment envie de se tirer le plus tôt possible, il n'allait pas gâcher la fête de famille. Il a dit qu'on pourrait partir après le déjeuner. S'il n'était pas trop tard, il conduirait d'une traite jusqu'à Madrid. Mais comme il n'avait presque pas dormi, s'il se sentait trop fatigué, on passerait la nuit à Barcelone pour reprendre la route le lendemain de bonne heure. Je lui ai répondu de ne pas s'inquiéter. Je n'irais évidemment pas au déjeuner familial. Je serais prête pour partir à l'heure qu'il voudrait. Finalement, on est partis plus tard que prévu. Javi était très fatigué. On est passés par Barcelone pour dormir sur place. Et de là, tout le reste.

– Clarita est ta fille? a fini par me demander Raviel.

J'avais toujours les bras croisés sur ma poitrine et les mains serrées sur mes épaules. J'ai secoué la tête.

– Non, Clarita est la fille de maman. Moi, je suis tombée enceinte, Raviel, mais je ne voulais pas d'enfant et maman en voulait mais ne pouvait pas. Je ne te l'avais pas raconté parce qu'elle m'a fait jurer de garder le secret. C'est la deuxième fois de ma vie que j'en parle. Je l'ai raconté à Javi et il ne m'a pas comprise, d'où la dispute. Maintenant, je te le raconte à toi.

– Donc, si je comprends bien, ma Gise – il s'est penché en avant et a posé les mains sur la table –, tu as eu Clarita et tu l'as laissée à ta mère pour qu'elle l'élève ?

J'ai à nouveau secoué la tête.

– Moi ce que je voulais, c'était danser, et papa et maman n'arrêtaient pas de me mettre des bâtons dans les roues, Raviel, ça tu le sais. Quand je suis tombée enceinte, maman m'a proposé un arrangement, si je lui laissais la petite, elle m'aiderait pour la danse, et elle l'a fait, elle m'a aidée. Papa a dû accepter la décision de maman, entre eux ce n'était pas facile et elle avait des arguments pour lui forcer la main. Et j'ai pu partir vivre ma vie. Libre. Maman est la mère de Clarita. Et moi, je suis sa sœur.

On s'est regardés sans rien dire, et il a fini par pousser un profond soupir, d'une façon qui ressemblait au bruit du vent dans la tempête. Un gros soupir qui dure.

– Ouah, c'est chaud… Je crois que j'ai besoin d'un truc plus costaud pour que tu me racontes bien tout, ok ? a-t-il dit en se levant.

Tandis qu'il allait au placard d'où il avait sorti le porto, il a dit que finalement, Sergio avait raison. Porto plus goyave, c'était une saloperie, beaucoup trop écœurant. Il avait besoin de se décaper la bouche. Il ne faudrait jamais toucher aux saveurs de l'enfance.

– Tu voudras un whisky ?

J'ai dit non. Il est parti à la cuisine avec la bouteille. Je l'ai entendu ouvrir le frigo, il y a eu ensuite le tintement des glaçons dans le verre et le bruit du liquide en train de couler. Et enfin, de nouveau ses pas. Je n'avais pas bougé. Raviel a posé la bouteille sur la table, s'est rassis et a doucement agité le verre où les glaçons ont fait *gling-gling*.

– Tu vas rester là debout comme si tu étais punie ou tu reviens à table tout me raconter ?

Je me suis rassise. Les glaçons ont de nouveau tinté. Après avoir bu, il a reposé le verre en disant qu'il se sentait mieux. Je le lui ai pris pour en boire une toute petite gorgée, mais c'était comme passer la langue sur un bout de bois carbonisé. Je le lui ai rendu et là je l'ai regardé.

– Tu te rappelles quand tu m'as accompagnée à l'école de danse ? C'était avec lui, avec le danseur de Cienfuegos.

Je lui ai raconté alors la partie de l'histoire qu'il ne connaissait pas. Ma grossesse à La Havane. Le retour au village avec le bébé. Quand la prof de danse m'a dit que j'avais dépassé l'âge d'entrée à l'école nationale. Tous mes moments de rage. Les pleurs de Clarita. Toutes mes peurs. Jusqu'à mon départ définitif de la maison.

À La Havane, quand je me suis mis en tête d'aller voir Maïkel, Raviel m'avait dit que c'était une erreur, que je ne devais pas laisser mes Wilis me commander. Il avait pensé que j'étais amoureuse, mais il ne savait évidemment rien du reste. Il ne savait pas qu'alors il m'arrivait de ressentir à nouveau ces toc-toc-toc martelés dans ma tête. Comme pour me rappeler quelque chose qui peut-être n'était pas bien. Quelque chose qui ne se fait pas.

La vérité vraie, je n'ai jamais su exactement pourquoi j'ai voulu revoir Maïkel. Mais ça ne sert à rien de trop s'interroger. C'est arrivé. J'avais besoin de le faire, je l'ai fait et le résultat c'est que Maïkel a fait à peine attention à moi. J'étais une copine de son cousin "de la campagne" comme il a dit à la cigogne qui était avec lui. J'étais la paysanne qui vendait des gâteaux à la sortie de l'école chic pour enfants à long cou. Pauvre imbécile, c'est comme ça que je l'ai vu, même si en y repensant, je me suis rendu compte que Maïkel était un garçon heureux. Et il l'était parce qu'il était à l'endroit où il avait envie d'être.

Au fond, ça valait peut-être la peine de m'être acharnée à le chercher, parce que c'est seulement après ça que j'ai compris que maman avait raison quand elle m'a dit : pars tranquille, chacun doit être à la place où il doit être. Elle avait raison. Chacun était à sa place : maman,

Maïkel, Clarita. J'étais la seule qui étais toujours perdue. Et là je me suis dit que non, *rianderrian*. Il fallait que je me trouve. Que je trace mon chemin dans la danse. Que je me consacre enfin à ce qui comptait pour moi.

Quand j'ai finalement pu me payer l'inscription à l'académie, ça a été comme une vague qui vient d'arriver jusqu'au bord et commence à se retirer. Presque sans m'en rendre compte, j'ai cessé de sentir le pivert à l'intérieur de moi et Clarita a pris peu à peu la place qu'elle devait avoir.

Tout est allé bien pendant des années, jusqu'à ce que j'arrive à Llançà où le malaise a commencé. Petit à petit, c'était si comme des fourmis rouges s'étaient mises en marche à l'intérieur de moi. D'un côté, j'avais les photos et la lettre de Gérard. Surtout la lettre. De l'autre, la famille de Javi, tellement harmonieuse. C'est comme si tout faisait des nœuds dans mon ventre, jusqu'à ce que, soudain, je commence à ressentir des choses. Les corps ont une mémoire. Des sensations ont émergé sur ma peau. Et j'ai revu le mépris sur le visage de papa. Et la grimace de la cousine de La Havane. Et les visages des voisines du village qui savaient, bien sûr qu'elles savaient. Et le murmure de maman me faisant jurer que je ne raconterais pas notre secret, parce que des choses comme ça, cela ne se fait pas. Et c'était comme si cette vague, qui s'était retirée, avait repris son élan pour se précipiter furieusement sur le rivage.

Et je sais qu'à un moment, presque sans le vouloir, j'ai commencé à m'éloigner doucement du bonheur que projetait la famille de Javi. De ce bébé qui était devenu le centre de la fête. De la grande sœur déballant son sein, comme une vache fière de son veau. Du père faisant des plans pour le fils. De l'autre sœur souriant à son fiancé et commentant qu'un petit cousin pourrait bien se pointer à son tour. Des baisers et des rires avec son fiancé. Des appels constants des parents pour s'informer des progrès du petit-fils. Et de Javi, servant deux verres de vin. Pour moi et pour lui. Pour trinquer face à la mer à tout le temps que nous avions devant nous pour nous amuser.

– Et le poids sur ta conscience est revenu, ma Gise. Ou le pivert, toc-toc-toc comme tu l'appelles.

J'ai à moitié souri en détournant les yeux.

– Ce n'est pas ça… – Je me suis levée et j'ai fait deux pas pour m'éloigner de la chaise. – Le problème c'est que tous ces derniers mois je n'allais pas très bien, et à Llançà, tout a convergé.

Je me suis de nouveau approchée. J'avais du mal à tenir en place. Sans regarder Raviel, je lui ai demandé s'il se souvenait de quand nous allions regarder la mer. Bien sûr, il a dit, et j'ai poursuivi. La mer calme, elle aide à réfléchir, c'est ce qu'il m'avait appris. Je lui ai raconté comment à Llançà j'avais pris l'habitude d'aller seule dans la petite crique. Tout ce qui arrivait m'avait fait réfléchir. J'ai réfléchi à des choses sur lesquelles je n'avais pas trop voulu m'arrêter et je suis revenue alors au moment de la naissance de Clarita.

– Tu sais ce qui se passe, Raviel ? ai-je demandé en appuyant mes mains sur la table pour cette fois le regarder. – Ce qu'on dit de l'instinct maternel, je ne l'ai pas senti quand j'étais enceinte, ni quand Clarita est née, ni après. Que veux-tu que je te dise ? Je ne l'ai pas senti…

Je me suis redressée et, en croisant les mains derrière ma tête, j'ai poussé un soupir avant de lui tourner le dos pour continuer à lui parler tout en m'éloignant de nouveau.

Ce que j'ai senti, c'est que tout mon corps rejetait ce qu'il contenait, que plus mon ventre grossissait et mes seins se remplissaient de lait, moins je voulais être en moi-même. Je ne voulais pas me toucher, ni me regarder dans le miroir. C'était comme si mon corps ne faisait plus partie de moi, comme si ma tête s'était échappée définitivement pour partir ailleurs, mais j'avais besoin de mon corps, je voulais le récupérer, qu'il soit de nouveau à moi, seulement à moi. Et je comptais chacun des jours qui restaient avant que mon ventre ne se vide, pour être à nouveau celle que j'étais. Et quand, enfin, Clarita est sortie de mon intérieur, il y a eu alors ses cris et sa bouche qui me tétait et j'ai continué à me sentir mal.

Je n'avais jamais voulu penser à ça, mais à Llançà, je l'ai senti de nouveau. La stupide mémoire de la peau s'est réveillée. Et comme je me suis mise à réfléchir, je me suis rendu compte de ce qui m'était arrivé. J'aimais beaucoup Clarita, oui, mais comme une sœur, je ne l'ai jamais sentie comme ma fille.

– Et dis-moi un peu, qu'est-ce qui est le plus important : ce que l'on sent ou ce que l'on doit dire que l'on sent ? On dit que toutes les femmes ont l'instinct maternel, mais c'est un mensonge, ai-je ajouté. J'étais arrivée près de la porte du balcon, j'ai regardé dehors et en baissant les bras j'ai répété : – C'est un mensonge.

Des bruits montaient de la rue. Derrière moi j'ai de nouveau entendu le tintement des glaçons contre la paroi du verre. J'ai fermé les yeux un instant, mais je les ai vite rouverts. Juste en face là-bas, il y avait le parc. J'ai imaginé que je continuais à danser, à côté de la grille, là où Raviel m'avait trouvée. J'ai vu mon dos se ployer et d'un lent mouvement m'amener au sol, où je commençais à me tordre comme une couleuvre.

– Tu ne peux pas culpabiliser pour ça, ma Gise.

Je me suis aussitôt retournée. Raviel tenait le verre tout près de sa bouche. Il a bu les yeux fixés dedans, comme s'il y avait tout au fond quelque chose d'intéressant qu'il avait besoin d'observer. C'est seulement quand il a fini qu'il a levé ses yeux vers moi.

– On ne décide pas ce qu'on sent ou ce qu'on ne sent pas. On peut décider ce qu'on veut faire, mais pas ce qu'on sent.

Son regard était normal. Il ne s'est pas mis en colère. Il n'a pas essayé de trouver un mot pour définir ce que j'étais. Il n'a fait aucune grimace bizarre, il n'a pas tordu sa bouche ni fermé à moitié les yeux. Il ne m'a pas demandé pourquoi je lui faisais ça, comme m'avaient toujours demandé ma mère, mon père, Javi. Pourquoi tu me fais ça ? Comme si je leur avais fait quelque chose à eux. Mon ami m'a parlé tranquillement et c'était comme si la brise du soir arrivait pour me rafraîchir après une journée de chaleur.

– Merci, je lui ai dit d'une toute petite voix.

Je crois que le mot n'était presque pas audible, mais je n'avais pas de voix. Je ne sais pas. Ce que je sais, c'est qu'il m'a comprise, parce qu'il a hoché la tête et j'ai alors respiré et pu continuer à parler.

Moi, la vérité vraie, j'aurais voulu ne pas devoir garder le secret sur Clarita. J'aurais préféré pouvoir le dire dès le début sans que l'on me juge mal. Dire à tout le monde : écoutez, j'ai eu Clarita dans mon ventre, mais je ne suis pas sa mère. Grimper tout en haut du manguier et crier : Clarita, elle s'est formée dans mon ventre, mais je ne suis pas sa mère, même si je l'aime énormément et qu'elle m'aime, et qu'on sait toutes les deux ce qu'on a vécu ensemble.

Bien sûr, rien de tout ça n'a été possible. C'est pour ça que je n'ai jamais voulu y repenser. Au fond, je croyais que quelque chose en moi ne tournait pas rond, que les femmes comme moi sont mauvaises, parce que la maternité est dans la nature des femmes. C'est ce que tout le monde m'avait toujours dit. Mais, durant ces jours passés assise devant la mer, avec la lettre trouvée dans le portefeuille d'un inconnu, je me suis demandé des milliers de fois comment aurait été mon histoire si j'avais fait ce que les autres estiment bien.

– Je serais devenue une très jeune mère et j'aurais dû renoncer à mon rêve de danser.

Je savais bien entendu que l'on peut être danseuse et mère, il ne s'agit pas de choisir entre une chose et l'autre. Les grandes danseuses aussi ont des enfants, mais quand elles le désirent. Moi je ne voulais pas être mère. Je ne veux pas. Ce que je voulais, c'était danser. Un enfant signifiait être ce que je ne voulais pas et ne pas être ce que je voulais. Et quoi alors? J'aurais continué à me cacher derrière le manguier pour danser, tout en voyant ma fille grandir, et en la haïssant. Oui, comme ma mère m'a haïe, parce que cette fille m'aurait tout le temps rappelé ma frustration. Même si Clarita n'y était pour rien, elle aurait été ma prison. Moi l'idiote qui ne s'était pas rendu compte à temps de sa grossesse; et elle qui devrait porter la faute de m'avoir volé mon rêve, de m'empêcher même de tenter de le réaliser, parce que la seule chose au monde que je voulais, c'était danser...

– Et tu y es arrivée, Gise. Ça, tu y es arrivée. Tu es danseuse.

L'entendre m'a fait sourire, mais de tristesse. J'ai senti un nœud à l'estomac. J'ai alors appuyé mon dos contre la porte ouverte du balcon et j'ai glissé doucement jusqu'à me retrouver assise par terre, jambes pliées. J'ai posé les coudes sur mes genoux et je suis restée comme cela quelques secondes.

– Non, Raviel, j'ai fini par dire. Je danse mais je ne suis pas et je ne serai jamais la danseuse dont je rêvais. Et c'est ça mon grand problème. Je ne voulais pas être mère et je ne le suis pas. Mais je voulais être une grande danseuse et je ne suis qu'une danseuse parmi tant d'autres, rien de plus.

Raviel est resté silencieux, les yeux fixés sur moi. Il a légèrement plissé le front, je ne sais pas si c'était de l'hésitation ou de l'agacement. Mais j'ai préféré ne pas lui demander et poursuivre.

Je lui avais déjà raconté sommairement Marseille et Son y Soles. Et je lui ai expliqué que mes rêves de danseuse contemporaine étaient définitivement foutus, que comme pour l'école, quand j'avais seize ans, j'avais une nouvelle fois passé l'âge. Je savais qu'il était hautement improbable que quelqu'un m'engage pour rejoindre l'une de ces merveilleuses compagnies qui se produisent dans les théâtres et que j'applaudis avec une émotion telle que mes mains en saignent presque.

– Et je t'assure que celle qui te parle n'est pas la Wilis qui dramatise. C'est bien moi, Giselle, qui me suis assise face à la mer et me suis enfin parlé à moi-même.

Cela faisait longtemps qu'une petite voix à l'intérieur de moi essayait de me dire quelque chose que je ne voulais pas entendre. La Mystique aussi me l'avait suggéré, et je n'ai pas non plus voulu l'entendre. Mais je le savais. Je savais parfaitement que même si danser était toute ma vie, même si c'est-vrai-je-te-le-jure il n'y avait rien de plus important pour moi, même si quand je ne dansais pas je ne respirais pas et je te jure que je pourrais mourir. Même si j'avais voulu mettre chaque seconde de ma respiration dans la danse, la vérité vraie était que je n'avais jamais été une grande danseuse et que je ne le serais jamais, parce que j'avais plus de trente ans. Peut-être n'était-il pas trop tard pour que le génie se manifeste, mais moi j'étais loin d'être un génie. Je n'avais pas d'aptitudes exceptionnelles. Toutes mes profs m'avaient toujours dit qu'il fallait que je travaille dur, parce que toutes savaient que je n'étais pas grand-chose.

C'est pour ça que je n'étais pas bien ces derniers mois. Et pour ça qu'à Llançà tout s'est mis à tourner dans ma tête. Le toc-toc-toc que j'ai recommencé à sentir n'était pas exactement un poids sur la conscience à cause de Clarita. C'était autre chose. Une façon de me dire : regarde comme tu fais mal les choses, *toc* ; tout le monde te juge mal, *toc* ; et au bout du compte tu n'es ni danseuse ni mère, *toc*. Crève.

– Et voilà, ni mère ni grande danseuse, mais tu veux que je te dise un truc ? – Là, sans cesser de le regarder, je me suis mise à chantonner : – *Non, rianderrian, non, yénérrégréterrian…* Si je pouvais tout recommencer, je ferais exactement la même chose. Je suivrais mon rêve, Raviel, j'essayerais de nouveau d'être danseuse.

Il a ouvert la bouche comme s'il allait dire quelque chose ; mais il ne l'a pas dit. J'ai penché la tête en arrière et je l'ai cognée. Une fois, doucement. Et une autre fois.

– Allez, viens ici, m'a-t-il dit en se levant.

Il s'est assis face à moi et m'a serrée contre lui. Il avait les jambes pliées, comme moi, sauf que les siennes étaient à l'extérieur et qu'il est arrivé à me serrer aussi avec ses jambes. Il était chaud et c'était exactement ce qu'il me fallait. Un corps contre le mien pour me tenir chaud.

On est restés un moment sans rien dire. J'ai fini par me pencher un peu en arrière et, quittant ses bras, j'ai de nouveau appuyé mon dos, j'ai croisé mes mains devant mes jambes et j'ai détourné la tête comme si, en ne regardant pas Raviel, j'arrivais à me cacher.

– Ils pensent tous que je suis une espèce de monstre : papa, la cousine de La Havane, les voisines du village et maman aussi, au fond, même si ça l'arrange que je sois comme ça. Aujourd'hui Javi et sa famille le pensent aussi. Et toi, tu trouves que je suis un monstre ?

C'est seulement après lui avoir posé la question que je l'ai à nouveau regardé. Raviel a fait une grimace.

– Non. Même si je ne suis personne pour te juger, ma Gise, personne n'a le droit de te juger. Bon… en fait, je crois qu'il y a une seule personne qui en aurait le droit.

– Clarita, j'ai dit, et je me suis mordu la lèvre inférieure.

Il a hoché la tête. J'en ai fait de même. J'ai bougé la tête pour montrer que oui, j'en avais pris conscience.

– Gérard m'a ouvert les yeux, Raviel.

Comme il n'a pas eu l'air de comprendre, je lui ai précisé que Gérard était le propriétaire du portefeuille, le type qui avait écrit la lettre à sa fille. Et c'était cette lettre qui m'avait fait penser que, la vérité vraie, Clarita était la seule qui avait le droit de me demander : pourquoi tu me fais ça ?

– Elle seulement... c'est pour ça que j'ai pris une décision...

J'avais décidé de lui raconter la vérité. Cela me rendait très triste d'imaginer qu'un beau jour elle se retrouverait face à la rumeur. Clarita était au début de l'adolescence. Renamagua est tout petit. Beaucoup soupçonnaient et certains savaient ce qu'il s'était passé et ce n'est pas bien que tout le monde soit au courant de ton origine, sauf toi. Non. Il fallait en finir avec ce stupide secret. Les individus ont le droit de savoir d'où ils viennent. Clarita aussi et c'était moi qui devais lui raconter.

– Et comment tu vas le faire ? il m'a demandé. Toi tu es ici.

Moi j'étais ici bien sûr. C'était bien le problème : j'étais à des milliers de kilomètres de Clarita et je ne savais pas exactement comment ni quand j'allais pouvoir faire le voyage, parce que j'avais besoin d'organiser plusieurs choses dans ma vie, mais avec Clarita je ne voulais pas attendre.

– Je vais lui écrire une lettre.

À l'ancienne. À la Gérard. Même si la mienne ne serait pas pour demander pardon, comme la sienne. Mon histoire n'était pas la même. Il fallait que je lui explique tout. Lui dire que mes parents l'avaient adoptée et lui expliquer les motifs. Ouvrir mon corps. Tracer une ligne de ma tête à la fente par laquelle elle était sortie et m'ouvrir en deux pour lui montrer mes tripes, mes sensations, mes instincts et les instincts que je n'ai jamais eus.

Il fallait que je trouve le moyen qu'elle lise ma lettre. Je devais parler de ça avant avec maman, et aussi avec papa. Ils devaient savoir ce que j'avais décidé. Et s'ils avaient l'intention de s'y opposer, alors c'était à moi de les convaincre, parce que je n'avais pas l'intention de faire marche arrière. Clarita méritait de connaître la vérité. Ensuite, tout continuerait comme toujours, comme elle l'avait dessiné quand elle était petite : Clarita, maman, papa, et sa sœur Gisel. C'était ça, notre famille.

– Je ne veux pas lui dire que je suis une mère repentie, Raviel, parce que ce n'est pas vrai. Ce que je veux qu'elle sache, c'est qu'il ne suffit pas d'accoucher pour être mère, que tout le monde ne l'est pas. Je ne le suis pas, mais je l'aime. Je l'aime énormément.

Raviel n'a rien dit. Il me regardait. Il restait assis comme moi, jambes pliées, bras autour des genoux avec les mains serrées sur le devant. Il s'est contenté de hocher doucement la tête une nouvelle fois, comme pour dire oui, mais sa bouche ne s'est pas ouverte d'un millimètre. Et comme il n'a rien dit, j'ai continué. J'avais ouvert les vannes, impossible de m'arrêter.

Je lui ai dit que dans ma lettre, en plus d'expliquer à Clarita ce qu'il m'était arrivé avec elle, je pensais lui parler de ma passion. Je voulais qu'elle sache que, parfois, les passions sont tellement grandes qu'on ne peut pas faire autrement que de les suivre. Même si tu t'écrases contre un mur et que ta bulle explose et que tu t'éclates le nez, tu n'as pas d'autre choix que continuer.

– Et c'est ce que je vais faire, Raviel, parce que pour la danse aussi j'ai pris une décision.

Même si la danse contemporaine n'avait pas marché comme je l'aurais voulu, je ne pensais évidemment pas renoncer à ma passion. Ça m'était impossible. Mais après tous ces jours passés à réfléchir, je m'étais rendu compte qu'il était temps pour moi de rebattre les cartes. Je ne devais pas renoncer à tout, je devais seulement trouver le genre de danse fait pour moi. Juste ça. Rebattre les cartes. Partir d'une nouvelle donne.

Je lui ai dit qu'une nuit à Llançà j'avais rêvé d'une ancre et d'une paire d'ailes et, voyant que Raviel fronçait les sourcils sans comprendre, je lui ai expliqué. Je lui ai parlé de Vitico, et de projets possibles avec lui. Ok, ce ne serait pas exactement de la danse contemporaine. Un truc différent, je ne savais pas quoi. Il fallait encore que j'y réfléchisse. Le plus important pour moi était que toute cette réflexion m'avait servi à quelque chose. J'avais décidé de dire la vérité à Clarita et, concernant la danse, j'avais accepté l'idée de devoir recommencer.

– La lettre, tu crois que c'est une bonne idée ?

– La lettre… a-t-il enfin dit. Il a pris un petit moment avant de poursuivre. – Bon… c'est une façon… Ça peut être un début, non ?… Une façon… – Il a souri. – En fait, ce qui me plaît le plus, c'est que tu es en train de prendre des décisions importantes, ma Gise. Ce Français, là, il ne sait pas tout ce qu'il a déclenché en perdant son portefeuille.

J'ai souri moi aussi. J'ai pris appui sur le sol pour me relever d'un bond et je lui ai dit que, concernant Gérard, j'avais pris une ultime décision.

– Je vais rendre le portefeuille…

Tout en m'approchant de la table, je lui ai expliqué les différentes adresses de Gérard en France et le bout d'enveloppe avec l'adresse d'une certaine Carmen Roselló, dans les environs de Barcelone. Raviel s'est lui aussi levé pour me suivre. Je lui ai expliqué que je voulais aller remettre le portefeuille en mains propres à cette Carmen, parce que les objets de Gérard ne pouvaient pas rester perdus. Sa fille devait lire cette lettre. Et ça, je le lui devais, ai-je conclu en lui montrant le bout de papier avec l'adresse.

– Sant Just Desvern, mais c'est tout près d'ici.

Il a dit que Sergito et lui pouvaient m'y emmener en voiture, je n'avais pas à m'inquiéter pour ça. Il m'a rendu le bout de papier. Je l'ai remis dans le portefeuille et j'y ai rangé aussi le reste des choses que j'avais laissées sur la table : la lettre, les certificats médicaux. Raviel a pris le verre de whisky et fait remarquer que le type serait heureux de récupérer ses objets perdus. Ça va lui faire un choc, a-t-il dit avant de boire l'eau et les restes de glaçon, qui étaient tout ce qui restait dans son verre. Quand il l'a reposé sur la table, je l'ai regardé.

– J'hésitais à te raconter pour Clarita, Raviel, parce que je sais que vous voulez être parents. À un moment, je me suis même dit que je pourrais le raconter au joueur de castagnettes. Avec un inconnu, c'est plus facile. Mais non. Il fallait que je te parle.

– Tu as bien fait. Ce que je veux et ce que tu veux, ce sont deux choses différentes. Toutes les histoires sont différentes.

– Alors… c'est vrai que tu ne me vois pas comme un monstre ?

– Je t'ai déjà dit que non, chérie. Tu es Giselle. Rappelle-toi que Giselle…

– … doit danser, avons-nous dit d'une même voix.

– Et tu seras toujours ma danseuse préférée.

Raviel m'a fait un baiser sur la tête. Il a ajouté qu'il m'aiderait pour la lettre ou pour tout, que je pouvais compter sur lui en toutes circonstances. Il m'a redonné un baiser, a pris la carafe d'eau et est sorti.

J'ai pris la photo de Gérard avec la petite fille, mais avant de la ranger, je l'ai regardée. Lui, avec ses petits yeux derrière les lunettes. La vérité vraie, je n'étais pas convaincue que Raviel ait pensé que la lettre était une bonne idée. Mais c'était mon ami et il me soutiendrait. Cela me suffisait.

J'ai entendu dans la cuisine le son d'autres glaçons tinter contre le verre. J'ai alors souri à la photo et l'ai remise dans le portefeuille.

Samedi

Samedi a été une drôle de journée. Depuis mon arrivée à Barcelone, tout avait été bizarre. Mais samedi m'a fait penser à un chat qui saute sur un muret, trébuche, se relève aussitôt et dresse les oreilles comme si de rien n'était. C'est à ça qu'a ressemblé ma journée de samedi.

J'ai ouvert les yeux et ressenti une telle joie d'avoir un toit au-dessus de ma tête que j'ai bondi hors du lit et ouvert la porte du balcon pour hurler à pleins poumons : bonjour Barcelone.

J'avais commencé mes étirements quand Raviel a frappé à la porte et demandé s'il pouvait entrer. Il m'apportait un café et il m'a suffi de l'entendre dire "Sorry, ma Gise" pour savoir ce qui allait suivre. Javi était dans le salon. Il était arrivé de bonne heure et avait appelé depuis en bas de l'immeuble. Comme je dormais, il avait dit qu'il allait attendre dans la rue parce qu'il ne voulait pas déranger, à quoi Raviel lui avait répondu d'arrêter ses conneries et de monter prendre un café. Ils avaient discuté jusqu'au moment où ils avaient entendu mon cri de joie sur le balcon.

La vérité vraie, je ne m'attendais pas à revoir Javi de sitôt. Je me demandais comment on allait bien pouvoir parler. Le pire, c'est que je revoyais comme si j'y étais le regard qu'il m'avait lancé pendant notre grande dispute. Du coup, j'ai dit à Raviel que j'allais sortir dès que j'aurais fini, mais je lui ai demandé de ne pas nous laisser seuls trop longtemps. Quand il est reparti, j'ai bu mon café et, une fois mes étirements terminés, je suis allée dans la salle de bains en essayant de ne pas faire de bruit. Et puis je n'ai plus eu d'excuses.

Je suis entrée dans la salle à manger et je me suis plantée à côté de la table. Javi se tenait de dos. Le regard rivé sur l'extérieur, à côté de l'une des portes donnant sur le balcon, celle qui était restée fermée.

Un soir, à Llançà, Javi m'avait dit qu'il était content que j'aie fait la connaissance de ses sœurs. Il avait toujours été un peu comme moi : des relations brèves et sans prise de tête. Tu crois que ça craint pour nous ? il m'avait dit ce soir-là, et ses deux fossettes étaient apparues au creux de ses joues. Plus tard, quand les disputes ont commencé, il m'a dit qu'il ne me comprenait pas, c'était son obsession. Il m'a dit une fois que quand je m'étais mis en tête qu'il fallait qu'on vive ensemble, ça lui avait fait peur, il trouvait que c'était trop tôt. Malgré cela, il venait de faire un pas, il m'avait présenté sa famille et, juste au moment où on avait franchi un cap, au lieu de me sentir heureuse, j'étais obsédée par cette lettre et ces photos, qui n'avaient rien à voir avec moi. Javi ne me comprenait pas, et ça m'a rendue tellement triste que j'ai décidé de tout lui raconter. Je me suis dit que, puisqu'il avait fait un pas vers moi, je devais en faire un moi aussi. C'était mon tour d'être sincère. C'est pour ça que j'ai voulu lui dire : voilà ce qui m'est arrivé, ça aussi c'est ma vie. Mais c'est alors que tout le reste est arrivé.

J'étais encore en train de regarder son dos quand Sergio est apparu à l'autre porte du balcon, avec un arrosoir à la main, et qu'il a prononcé mon prénom. Javi s'est retourné et m'a regardée d'un air moitié hébété, moitié je ne sais pas quoi, mais en tout cas il a essayé de sourire et, forcément, ses fossettes se sont creusées. Il m'a demandé comment j'allais et je lui ai répondu que ça allait, que ça allait mieux. C'est tout, et je lui ai demandé la même chose à lui. Il allait bien, lui aussi il allait mieux. Silence. Alors Sergio nous a invités à nous asseoir, Raviel et lui allaient nous apporter le petit-déjeuner. Il est parti et nous, on est restés là, raides comme des piquets. Chacun à sa place.

Il s'est passé une éternité avant que Javi s'approche un peu. Il s'est immobilisé de l'autre côté de la table. Il m'a dit que Raviel lui avait un peu raconté ce que j'avais fait après m'être perdue et il m'a redemandé comment j'allais. Je lui ai dit que moi, Raviel m'avait donné des nouvelles de son mal de crâne. Silence. Il s'est passé une autre éternité avant qu'il ouvre à nouveau la bouche.

– Il faut qu'on parle. J'ai été un peu con, merde, je regrette. Je regrette tout ce qui s'est passé. Je te demande pardon. Ça fait beaucoup de choses accumulées. Ce n'est peut-être pas le moment, mais parlons-en calmement, d'accord ?

Il faut qu'on parle, c'est le genre de phrase qui peut déboucher sur du bon comme du mauvais, mais au point où on en était, la vérité vraie, je crois que c'est ce que Javi pouvait dire de mieux. J'ai répondu que oui, que ce n'était pas le moment, qu'on parlerait une autre fois. Et puis je l'ai remercié d'être resté et de m'avoir cherchée.

– Tu ne pensais quand même pas que j'étais parti ?

– Bien sûr que non, ai-je menti.

Alors Javi a dit que le pire était derrière nous. Si j'étais d'accord, une fois qu'on serait à Madrid au calme, on reparlerait de tout ça. De tout, a-t-il souligné avant de me demander : d'accord ? Et moi j'ai répondu : d'accord, en baissant les yeux vers la chaise sur laquelle j'allais m'asseoir. C'est alors que j'ai entendu le clac-clac-clac clac-clac-clac qui montait du dehors. J'ai souri.

– Tu m'as beaucoup manqué, Giselle, j'étais très inquiet.

La dernière fois que Javi avait prononcé mon prénom, c'était pendant la grande dispute, il avait dit : *Gisel.* J'ai bougé la tête comme pour dire oui, mais ce n'est qu'une fois assise que j'ai relevé les yeux vers lui.

– Tu entends ce petit bruit ? – Pendant qu'il s'asseyait, il m'a regardée en plissant le front. – Ce sont des castagnettes.

Quand les autres ont débarqué avec le petit-déjeuner, j'avais déjà tout raconté à Javi sur le joueur de castagnettes.

Drôle de journée, ce samedi-là. Journée de trêve.

Raviel a proposé de nous préparer un petit plat cubain, histoire de nous détendre un peu. Javi et moi on était d'accord pour repartir le lendemain. Ça l'a surpris d'apprendre que le portefeuille du Français était toujours en ma possession, mais quand je lui ai dit que j'allais le remettre à cette Carmen Roselló, il n'a pas posé de questions. Il a dit qu'on passerait le lui déposer en partant à Madrid, pas de problème.

Après le petit-déjeuner, Sergio et lui sont allés faire des courses. Raviel et moi sommes passés au commissariat. Ils m'avaient convaincue d'aller porter plainte pour le vol de mon sac, cela pourrait justifier la perte de mon passeport. Bref, j'y suis allée, au même qu'avant, parce que je me disais que le policier s'était peut-être inquiété. Le gars se souvenait de moi, il m'a même demandé pourquoi j'étais partie ce soir-là. Mais bon, inquiet, ce qu'on appelle inquiet, la vérité vraie, il ne l'était pas.

Au retour, avant de monter chez Raviel, j'ai voulu qu'il m'accompagne faire un dernier truc. Sur le trottoir d'en face.

Quand le joueur de castagnettes nous a vus approcher, il a fait son manège habituel : il a montré les objets éparpillés sur la couverture et il a joué des castagnettes rien que pour nous, mais dès qu'il m'a reconnue, il m'a regardée d'un air contrarié.

– Ça va ? je lui ai demandé, il a hoché la tête avec un air de encore-toi-tu-veux-quoi-maintenant. – J'ai retrouvé mon ami, alors je m'en vais, comme promis. Mais avant, je voudrais acheter un bracelet, un éventail et des castagnettes, les plus belles que vous ayez.

Et c'est arrivé. Peu à peu, sans qu'il cesse de me regarder, les bords de sa bouche se sont relevés pour former un arc de cercle. Je n'arrivais pas à y croire. Le joueur de castagnettes était en train de me sourire. Il s'est immédiatement accroupi, et moi avec lui. Pendant que je choisissais mes objets, il n'a pas cessé de sourire. Et quand on s'est relevés, il lui restait un peu de sourire aux lèvres. J'ai failli lui dire qu'il était plus beau comme ça, mais je m'en suis abstenue, bien évidemment. Je l'ai remercié et je suis repartie en écoutant, dans mon dos, le clac-clac-clac clac-clac-clac que j'allais avoir du mal à oublier.

Et puis les heures sont passées.

Pendant le repas, Raviel et Sergio nous ont raconté leurs histoires de voyages. Je les regardais, tout en regardant Javi du coin de l'œil, de temps en temps. À un moment, je me suis dit que si à Llançà je ne lui avais rien révélé sur Clarita, je ne me serais peut-être jamais perdue. Qui sait? Mais non, *rianderrian*. Je ne regrettais pas de le lui avoir raconté. Je n'avais pas la moindre idée de ce qu'on allait devenir, mais ça, c'était une autre histoire. On profitait de cette journée de samedi, cette journée de trêve et, pour être franche, j'avais d'autres chats à fouetter.

Ces derniers jours, je m'étais demandé des tas de fois ce que les autres auraient pensé de moi si j'avais réussi à être une danseuse célèbre. Est-ce qu'ils seraient fiers de moi? Si ça se trouve, ils se diraient: ce n'est peut-être pas une bonne mère, mais c'est une grande artiste. J'imaginais maman en train de montrer les coupures de journaux avec ma photo. Et papa en train de dire que sa fille était une grande danseuse, que tous ses enfants avaient fait carrière. Et ma tante de La Havane en train de dire que, au bout du compte, la petite savait ce qu'elle faisait. Et les voisines, vous avez vu ça, un sacré bond, de Renamagua au triomphe en Europe. Quand mon cerveau était en roue libre, j'imaginais ce genre de choses. Des scènes qui n'auraient jamais lieu, parce que je n'étais rien de tout cela.

Ni danseuse ni mère. Je me demandais ce que devraient faire les gens comme moi. Garder les yeux rivés au sol, de honte ? Se jeter sous un train ? Non, parce qu'une fois que je me serais jetée sous un train, je ne m'en tirerais pas comme ça. Trop facile. On continuerait à me traiter de mauvaise mère, de femme indigne, de toutes ces choses dont on m'avait toujours traitée, mais que je n'avais plus envie d'entendre.

Ce samedi-là, Javi est rentré dormir à l'appartement, il était presque minuit quand il est parti. Raviel et Sergio ont commencé à débarrasser la table et ne m'ont pas laissée les aider. Je suis sortie sur le balcon. C'était presque l'heure des Wilis. Mais moi, j'étais Giselle. Quand Raviel est arrivé dans mon dos par surprise et m'a demandé comment je m'étais sentie pendant la journée, je lui ai répondu que je m'étais sentie bien, et c'était vrai.

Je ressentais un calme étrange. Comme quand l'œil du cyclone est passé et qu'il ne reste que les pluies résiduelles. Les petits coups de marteau d'un voisin qui essaie de réparer une fenêtre cassée par le vent. L'ongle qui racle la cire des bougies qui a coulé sur la table pendant la coupure d'électricité. Un calme étrange mais très confortable.

Dimanche

Nous avons quitté Barcelone en milieu de matinée. Javi est passé me chercher. L'idée était de partir à une heure décente, parce que Carmen Roselló vivait à une demi-heure de chez Raviel et que je ne voulais pas me pointer trop tôt. L'un dans l'autre, entre petit-déjeuner et adieux prolongés, il était presque onze heures.

Quand nous sommes montés dans la voiture, Javi a entré l'adresse de Carmen sur le GPS. J'ai allumé la radio. Nous n'avons pas échangé un mot de tout le trajet. J'ai passé mon temps à regarder par la fenêtre, tout en m'envolant dans ma tête au rythme des chansons. Javi était concentré sur la conduite. Aucun de nous n'avait quoi que ce soit à dire.

Nous sommes arrivés à Sant Just Desvern une demiheure plus tard. Carmen vivait un peu en dehors. Javi a suivi les instructions et s'est garé en annonçant que nous étions arrivés. Je lui ai dit que j'irais seule, que ça ne serait pas long.

C'était une maison de deux étages avec un portail haut derrière lequel ont déboulé, à peine je me suis approchée, deux gros chiens qui n'arrêtaient pas d'aboyer. J'ai appuyé sur l'interphone. Une femme a demandé qui c'était. Après avoir dit bonjour, j'ai dit que je cherchais Carmen Roselló et comme elle a répondu que c'était elle, je lui ai demandé si elle connaissait Gérard Mansouri. Il y a eu un silence avant qu'elle ne réponde oui, bien sûr, il est arrivé quelque chose ? Et, avant que j'aie pu ajouter quoi que ce soit, elle m'a dit d'attendre là.

Elle est sortie tout de suite. C'était la femme de la photo.

Elle s'est approchée en tapant dans ses mains et en donnant des ordres aux chiens qui ont reculé. Carmen a ouvert le portail et m'a invitée à la suivre. Nous sommes entrées dans le salon. Il y avait des fenêtres qui donnaient, j'imagine, sur un jardin avec piscine parce qu'on entendait des voix d'enfants en train de jouer dans l'eau. Nous nous sommes assises chacune dans un fauteuil, l'une en face de l'autre.

– Vous venez de l'hôpital. Qu'est-ce qui est arrivé ?

– De l'hôpital ? – J'ai senti mon estomac se nouer. – Non. Gérard est à l'hôpital ? Qu'est-ce qui lui est arrivé ?

D'un coup, l'inquiétude sur le visage de Carmen a laissé la place à une expression beaucoup moins sympathique.

– Je vais être claire, a-t-elle dit en se levant. Si tu es venue pour une histoire d'argent, je n'ai rien à voir avec les magouilles de Gérard, et je te prie de t'en aller.

J'ai été si surprise que je me suis empressée de lui expliquer. Il n'y avait aucune histoire d'argent, je ne connaissais même pas Gérard. J'étais là pour lui remettre quelque chose que j'avais trouvé qui appartenait à Gérard. J'ai sorti le portefeuille et, comme je l'avais fait avec Raviel, j'ai déposé les objets sur la table basse, parce que les objets parlent. Je le savais. En silence, elle s'est approchée pour regarder. J'ai terminé par des excuses, j'avais été obligée de lire les papiers pour avoir une idée de comment les rendre. Je lui ai montré le bout d'enveloppe et je lui ai dit que c'était comme ça que j'avais trouvé son adresse. Et que c'était aussi pour ça que je savais qu'il y avait une lettre pour Yamina, la fille de Gérard.

– Vous connaissez Yamina ?

– Donc, tu ne connais pas Gérard ? a-t-elle demandé à son tour sans quitter les objets des yeux.

– Non, j'ai juste trouvé ce portefeuille à Llançà. J'habite Madrid mais j'étais à Barcelone et comme vous habitez tout près… ai-je dit en montrant à nouveau le bout d'enveloppe. Je n'ai pas pu venir plus tôt parce que j'ai eu un problème, je suis désolée, mais vous le connaissez, n'est-ce pas ? Il est à l'hôpital ? Il ne va pas bien ?

Carmen ne m'a pas répondu tout de suite. Elle s'est de nouveau assise et a commencé à séparer les objets avec le doigt. Elle a regardé sa photo, cette photo avec laquelle j'avais si souvent parlé ; et le bout d'enveloppe avec son adresse et les papiers : la carte d'identité, le permis de conduire ; et la photo de Gérard avec la petite fille et la lettre.

– Il va bien, il ne va pas mourir, a-t-elle fini par dire. Et tu dis que cette lettre est pour Yamina ?

J'ai été soulagée de savoir que Gérard n'avait rien eu de grave. Je lui ai alors précisé que ce n'était pas de la curiosité déplacée de ma part et que si j'avais regardé les papiers, c'était pour retrouver le propriétaire. C'est comme ça que je savais que la lettre était pour la fille de Gérard, pour Yamina, et comme je pensais que c'était important, je voulais la rendre.

Carmen a fait une sorte de grimace, sans me regarder.

– La petite fille, c'est moi, a-t-elle dit en montrant la photo, et je suis Yamina… – Elle s'est de nouveau levée avant de poursuivre : – Carmen, comme ma grand-mère maternelle ; Yamina, comme la mère de Gérard.

Ce qu'elle m'a dit ensuite, je ne sais pas pourquoi elle me l'a raconté, et la vérité vraie, j'aurais presque préféré ne pas l'entendre.

Elle a dit qu'il valait parfois mieux ignorer la vérité sur certaines choses. Cela faisait deux ans que son père était mort et sa mère avait alors eu la très mauvaise idée de lui raconter la vérité : elle était la fille d'un autre homme. Gérard, l'amour de jeunesse, avec lequel sa mère avait vécu en France et qu'elle avait dû quitter parce qu'il avait le vice du jeu. Gérard était venu les voir une fois en Catalogne, quand Carmen était petite, mais depuis qu'il savait que la mère lui avait dit la vérité, il n'arrêtait pas de la contacter par lettre, par téléphone, par mail.

– On m'a appelée de l'hôpital parce qu'il leur a donné mes coordonnées. Apparemment, il n'a personne d'autre. Ça m'emmerde. Je leur ai demandé de me tenir informée, mais je fais ça seulement pour ma mère. Parce que Gérard n'est pas mon père, et il ne sera jamais le grand-père de mes enfants, a-t-elle conclu debout devant la fenêtre par laquelle elle a regardé au-dehors, là d'où venaient les voix d'enfants.

Elle n'a plus rien dit. C'était comme si elle avait raconté tout ça pour elle-même. Je ne savais pas quoi faire. Heureusement, après ce moment de malaise, Carmen s'est retournée vers moi.

– Excuse-moi. Je ne sais pas pourquoi je t'ai déballé tout ça. Désolée, excuse-moi. Tu ne le connais pas et moi je ne te connais pas. Ces choses-là, on ne peut les raconter qu'à des inconnus, mais excuse-moi. Tu veux bien ?

J'ai dit qu'il n'y avait aucun problème. Que je la comprenais, bien sûr. Moi aussi cela m'arrivait. J'avais envie de raconter les choses aux inconnus. C'était plus facile.

Carmen a souri et, après m'avoir remerciée, a dit qu'elle avait eu un père, un bon père. Gérard était seulement le père biologique. Et elle a de nouveau dit qu'elle aurait préféré ne pas connaître la vérité, mais qu'on ne pouvait pas revenir en arrière. Bien sûr qu'elle lui rapporterait le portefeuille. Elle était en contact avec l'hôpital. Lui ne se rappelait même plus où il avait perdu ses papiers.

– Combien je te dois pour tout ce dérangement ?

J'ai souri. En fait, c'était moi qui devais quelque chose à Gérard mais je ne le lui ai pas dit. Je lui ai juste dit : rien du tout. Et dans la foulée, je me suis levée et je lui ai dit qu'il fallait que je m'en aille, que l'on m'attendait dehors, parce que nous étions en route pour Madrid. Carmen m'a dit que j'étais une bonne personne, la bonne samaritaine, et elle s'est excusée de ne m'avoir rien proposé, un café, un jus de fruit, quelque chose. Mais je devais y aller. Elle m'a accompagnée jusqu'à la grille pour surveiller les chiens, et, avant de refermer, elle m'a encore remerciée.

Dehors, il faisait toujours très chaud. J'ai marché lentement. Quand je suis montée dans la voiture, Javi regardait son portable.

– Démarre et mets la clim, s'il te plaît, il fait drôlement chaud.

Il s'est empressé de lâcher son portable. Il a mis le contact, remonté les vitres, vérifié en mettant la main sur la bouche d'aération que la clim fonctionnait et, seulement alors, m'a regardée.

– Celle qui t'a ouvert, c'était la Carmen en question ? – J'ai hoché la tête. – Et qu'est-ce qu'elle t'a dit ?

– Rien.

– Rien ?

– Rien, seulement merci. Elle connaît le type, elle va lui donner le portefeuille.

– Mais tu y es restée un moment.

– Elle m'a offert un café, ça a pris un peu de temps. Allez, on y va.

Javi a hoché la tête. J'ai rallumé la radio et je me suis adossée au siège. Il a démarré et on est partis. En regardant du côté de la rue, j'ai touché mon poignet gauche. Sur le bracelet que j'avais acheté au joueur de castagnettes il était écrit Barcelone, et dans la poche de devant de mon pantalon il y avait les castagnettes pour Clarita.

J'ai souri.

À la radio, une chanson s'est terminée et ils ont annoncé la suivante, "Little Green" de Joni Mitchell. Celle-là je la connais. Je l'aime bien. J'ai alors senti comme si les oiseaux commençaient à bouger dans ma poitrine. Ils ont déchiré la peau pour s'envoler. Je les ai suivis. Ensemble nous avons traversé la vitre. Dehors, toutes les maisons avaient de hautes grilles. Je me suis vue en train de danser sur le trottoir, de bouger au rythme de la musique. J'ai imaginé les familles à l'intérieur des maisons. Mes oiseaux tournaient autour de mes jambes. Les mères et les pères en train de préparer le repas. Je sentais les ailes battre autour de moi, sans me toucher. Les enfants en train de s'amuser. Est-ce que Clarita comprendrait ma lettre ? Sur le trottoir, mon corps qui dansait a tracé un demi-cercle. Clarita me comprendrait, bien sûr que oui. Toutes les histoires sont différentes, comme m'avait dit Raviel. Mon corps a levé les bras et s'est ployé en arrière. Celle de Gérard et la mienne étaient différentes. Toutes les histoires sont différentes, ai-je répété en moi-même tout en continuant à regarder dehors. En direction de mon corps qui dansait. Un saut, un envol. La beauté. Et la vérité vraie, ce que j'aimais le plus au monde, c'était danser.

En scannant le QR code ci-dessous ou en entrant **metailie.premierchapitre.fr** dans la barre d'adresse de votre navigateur, vous accédez directement aux derniers extraits de nos nouveautés à paraître.

Cet ouvrage a été composé par
Atlant'Communication
au Bernard (Vendée)

N° d'édition : 16195001 – N° d'impression : 2083365
Dépôt légal : juin 2025

Imprimé en France par CPI Bussière